三日月さんかく
Illust. 宛
妄想好き転生令嬢と、
他人の心が読める
攻略対象者
～ただの幼馴染のはずが、溺愛ルートに突入しちゃいました!?～

私の目の前で、アンタレスがゆっくりと跪く。
まるで王子様か騎士のようだ。
「たぶん僕は六歳の頃から、
無自覚にきみを愛していたと思う」
恥ずかしすぎて何を言えばいいのか
分からない私の手を、アンタレスが取る。
そしてそのまま、アンタレスは
私の手の甲に唇を押し付けた。
「とにかく、異性としてもっと意識して
もらえるよう僕も頑張るから……、
ノンノもちゃんと僕を男として愛してよね」

アンタレスはベッドに横たわったまま、私の手をするりと掴んだ。
寝起きのせいか、微熱のせいか、
アンタレスの手のひらがいつもよりずっと熱い。
「……いい夢」
アンタレスはそう呟いたかと思うと、
掴んだ私の手の指一本ずつに
口付けを落とし始めた。
「あ、アンタレスぅ!?」
濡れタオルを扱っていたので
私の指は当然冷たかったけれど、
アンタレスはそんなことさえ気にならないらしく、
チュッチュッと口付けを続ける。

大聖堂の一室で、私とアンタレスは
婚約誓約書にサインをした。
すると、ふわりと暖かな風が巻き起こり、
どこからともなく現れた一本の光のリボンが、
私とアンタレスの腕に絡み付き、結ばれる。
自然とアンタレスと目が合い、お互いに笑みが零れた。

Home Gallery Story System

三日月さんかく

Illust. 宛

Contents

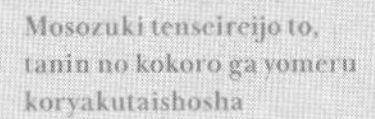

第一章 出会い

Chapter 1

現世での私の名前はノンノ・ジルベスト。ジルベスト子爵家の次女である。

シトラス王国王城で文官として勤めている父と、のんびり刺繍にいそしむ母と、おっとりとした性格の姉と共に王都で暮らしている六歳の女児が私である。

いの一番に現世などと言ったのは、私が転生者だからだ。それも、生まれた時から前世の記憶を持っていたタイプである。

前世の私は高校卒業と同時に死んでしまった。その時の自分の運命への恨み辛みは、今の私の心を苛む。

思い出しただけで腸が煮えくり返り、どうしようもない悔しさに涙が込み上げてくる。

だけれど誰かに聞いてほしい。

あの日私は——念願だった十八禁乙女ゲームをついにネット注文し、コンビニへ前払いに出掛ける途中で、交通事故に遭って命を落としたのだ……！

だってクレジットカードなんて持ってなかったんだもん……！

支払いが出来なかったので発送は当然キャンセルになり、前世の家族に十八禁乙女ゲームを買おうとしていたことがバレなくて良かった～、なんて、私は絶対に思わないからね神様！

事故死直前の行動からも分かるように、前世の私は人一倍えっちなことに興味津々だった。

そして変なところで生真面目でもあった。高校を卒業していないから、という至極真っ当な理由で、十八禁コンテンツにいっさい手を出さずに生きていたのだ。

どれだけバカだったんだろう、私。

十八歳の誕生日にこっそり解禁してしまえば良かったのに。

「あと数カ月で卒業だし、大学受験も控えているし……」なんて考えて、良い子ちゃんぶっていた前世の私をぶん殴ってやりたい。

もっと人生を全力で生きろよ！

やりたいことを謳歌しろよ！

死んじゃったらもう二度と、えっちな動画も画像も何一つ検索することが出来ないんだからね!?

あんなに見たかったのにー!!

こんな深い後悔を抱えている私に、もちろんリアルな男性経験などあろうはずがなかった。熱いラブロマンスの思い出に浸ることさえ出来ないのだ。

もう、前世の自分の真面目さが憎くて憎くて、思い返す度にハゲ散らかしてしまいそう。

なにせ、私が生まれ変わったシトラス王国には、破廉恥そうなものがまったくないのだ。

全体的に中世ヨーロッパ風なのだけれど、神々や精霊などの聖なる存在が実在するファンタジー世界であるため、国民全体が信仰心に篤くて、妙に貞節を重んじるのだ。

私は四歳にして我が家の蔵書をすべて閲覧した。その結果、閨事に関する本を一冊発見した。

だがその閨事についての本は、小学校の保健体育の教科書の方がよほど心躍ったなと思うくらい、内容が薄かった。

なんなの、『目を閉じて、男性に身を任せなさい』って。

何が起こるのかまったく分からないし、私は両目をかっぴらいて、どんなことが起こっちゃうのか、よ〜く観察したいんだよ!!

ご婦人向けの恋愛小説にも目を通してみたけれど、濡れ場になるとスルーされてしまう。『ジャクリーヌはマルクスによって寝室へと連れ込まれた。そして長い夜が更けていった。』みたいな。

その長い夜の部分が肝心でしょうがっ！

これなら前世で近所のお姉ちゃんに借りた少女漫画の方が、とってもえっちだったんですけれど!?

そんなシトラス王国で最悪なのは、長すぎるスカート丈である。

貞淑さを求めた結果、女性は足首を晒すことさえはしたないとされているのだ。

パンチラどころか、他人のふくらはぎすら見ることが出来ない。この国は地獄だ。

あぁ、少年漫画のラッキースケベが恋しい。美少女のパンチラの上に顔面からダイブしてしまう少年主人公って、本当に幸せ者だったんだなぁ……。

ちなみにご婦人の夜会用ドレスは胸元がバーンと開いているのだけれど、六歳である私は夜会に出席することがないので、まったく見る機会がない。おっぱい、いっぱい見たい。

そんな前世の後悔と現世の劣悪な環境により、私は見た目は子供、煩悩(ぼんのう)は大人という、とんでもない女児になってしまったのである。

▽

「ではノンノ、他の子たちと仲良く遊んでいるのですよ」

「はい、お母様」

ある日、私は母と共にバギンズ伯爵(はくしゃく)家で開催される気楽なお茶会へと参加した。母はこのお茶会が好きらしく、私を連れていくのはもう三度目である。

母をはじめとするご婦人たちは、中庭に面したテラスで刺繡やレースなどを編みながら、おしゃべりに夢中だ。これは社交よりクラフト系の趣味に重きを置いたお茶会なのである。刺繡好きの母が、このお茶会に夢中になるのも無理はない。

そんなご婦人たちに連れてこられた我々子供軍団は、中庭に広げられた大きなラグの上に集まっていた。私も含めて八人ほど。

ラグの上にはふかふかのクッションがいくつも置かれ、クッキーや焼き菓子などが乗ったお皿と、果汁水のグラスが用意されていた。至れり尽くせりである。

けれど子供たちは皆、目の前の同年代のお友達に夢中だ。

どの子も貴族の令息令嬢として屋敷で大切に育てられているので、こんなにたくさんの子供たちと一緒に遊ぶ機会が少ないのだろう。誰もお菓子になど目もくれない。

可憐（かれん）な少女たちはぬいぐるみや人形を通して一緒に遊び、少年たちは昆虫図鑑を広げて自分の推（お）し昆虫について話し合っている。皆とても無邪気な笑顔だ。非常に長閑（のどか）な光景ですなぁ。

……さてと。

私はラグから立ち上がり、他の子供たちからゆっくりと距離を取った。

そして、皆と遊ぶよりも花を摘（つ）むのに夢中になっている振りをしながら、少しずつ場所を移動する。

目指すは屋敷の裏口だ。

私は前回と前々回のお茶会で、この広大な庭のすべてを攻略していた。

どこへ行けばヒューマンウォッチングにちょうど良い場所があるのか、名探偵ノンノはしっかり把握しているのである。

なぜ屋敷の裏口に行きたいのかというと、使用人が見たいからだ。

お茶会にいる貞淑なご婦人たちを眺めていても、まったく隙（すき）がない。隙がないということは、ラッキースケベが発生する可能性は限りなく低いということだ。

それならば、忙しく立ち働いている使用人の方がうっかりミスをやらかして、ラッキースケベ展開を引き起こす可能性が高いだろう。これは名探偵ノンノだからこそ導き出せた名推理である。

というわけで、私は下心で胸をときめかせながら、事件予測現場である裏口へと向かった。

ちなみに私の胸はまっ平らである。

六歳児だから当たり前ではあるのだが、母や姉の様子を見るに、我がジルベスト家には巨乳遺伝子はなさそうだ。大人になっても期待薄なので、ガッカリである。

そんなこんなで私は無事に裏口へと辿り着き、近くの茂みに潜伏した。

私は蚊と熾烈な戦いを繰り広げながらも、そこで誰かが訪れるのをひたすらに待つ。

三十分ほど経過すると、裏口に一人の若い侍女が現れた。

私は蚊に刺された左腕をポリポリと掻きながら、侍女をウォッチングした。

「ああ、今日は本当に暑いわ。これからお使いなんて、本当に嫌になっちゃう」

侍女はそう呟くと、スカートのポケットからハンカチを取り出し、自身の汗ばんだ首筋を拭った。

胸元のリボンを緩め、貝ボタンを一つ二つと外していく。そして鎖骨の辺りにハンカチを当てた。

もう少し……あと二、三個くらいボタンを外したりしないだろうか。

ここにはこの若い侍女しか見当たらないのだし、もっと大胆に胸元を広げたりとかしないかしら。

なんだったらスカートをまくり上げて、太ももの汗を拭っちゃうとか……。ガーターベルトとか見たいなぁ、うへへ。

私も大きくなったら、絶対にガーターベルトを買おう！　前世では買えなかったからね！

「……ねぇ」

あ、侍女がボタンを留め始めた。くそぅ。結局たった二つしか外さなかったな。

日本の女子高生だって、制服のシャツは第二ボタンまで開けているくらいが普通だったというのに。シトラス王国ったら、本当に健全すぎだよね。

「ちょっと、きみ」

あーあ、今回もなんのチラリズムもなかったな……。

買い物籠を持って屋敷の外へと出ていく侍女の後ろ姿を眺め、私は深々と溜め息を吐く。

次はもっとスケベなシーンが見たいものだ、と私は茂みに座り直したところで、隣にぷにぷにの頬をした男児がいることに気が付いた。

一瞬女の子かと思ったが、服装がシャツと半ズボンだった。この子も襟の第一ボタンまできちんと留めている。スケベの欠片もねぇ。

「ねぇ、きみ、本当に何を考えているの……？」

男の子は顔を真っ赤にさせながらも、私のことを化け物を見るような目で凝視していた。

「……人間観察をしているだけよ。お庭に飽きちゃったから」

ところで私ノンノは、ヘーゼルナッツ色の髪と瞳をした、幸薄そうな美幼女である。

満面の笑みを浮かべても他人からは困り笑顔に見られてしまうほど、線が細くて儚げな雰囲気の六歳児だ。我が家の侍女からは「ノンノお嬢様はほとんど妖精」と絶賛されている。

そんな一見か弱そうな美幼女の中身が、まさかスケベモンスターだなんて、誰が想像出来るだろうか。出来るわけがない。

私は自信を持って、男の子に困り笑顔を向けた。

しかし、男の子はなぜかドン引きした表情を浮かべて、一歩後退した。

「なぁに？　きみ、どうしたの？」

困り笑顔を絶やさず小首を傾げれば、男の子は真っ赤な顔のまま恐る恐る口を開いた。

「『ここにはこの若い侍女しか見当たらないのだし、もっと大胆に胸元を広げたりとかしないかしら。なんだったらスカートをまくり上げて、太ももの汗を拭っちゃうとか……』」

「え？」

「『次はもっとスケベなシーンが見たいものだ』」

「も、もしかしてきみって……」

「……そうだよ、僕は他人の考えが……」

「きみって、とってもエロい人？」

「違うよ!!!」

そんなわけないだろっ！　と憤慨する男の子を見て、私は突然、前世でプレイした乙女ゲームを思い出した。

乙女ゲーム『レモンキッスをあなたに』。

略して『レモキス』は、前世の私が小学校高学年くらいにプレイした、超健全ピュアピュア乙女ゲームである。

なんとまともなラブシーンが、ハッピーエンドを迎えた時のキス一回だけなのだ。あとはお手手を繋いだり、額同士で熱を測ったりくらいの接触しかない。

ファンの間ではラブシーンの濃厚さよりも、ヒロインと攻略対象者が心の絆を深めていく丁寧な過程に萌えるのだ、との評価だったが、当時小学生だった私は早々に飽きて一回全クリしただけで終わった。

もっとラブラブチュッチュッしろよオイ、という感想しか浮かばなかった。

プラトニックを理解しない前世の私も、大概、心の荒んだ女児であった。

そんな『レモキス』の攻略対象者の一人に、アンタレス・バギンズという伯爵令息が登場する。

彼は他人の心が読めてしまう、言わばテレパシーの超能力者だ。

突然読心能力に目覚め、人の裏の顔を知ってしまった幼いアンタレスは、自室に引きこもりがちになってしまう。

そんなアンタレスを心配した両親が、年の近い子供を集めて気楽なお茶会を何度も開くが、アンタレス自身は一度もそれに出席しなかった。

けれどある日、自室の窓から中庭を覗いていたアンタレスは、とても大人しそうな女の子を見つける。

　この子なら自分が近付いても大丈夫かもしれないと思ったアンタレスは、勇気を出して屋敷から出てみた。

　だが彼女に読心能力を気付かれてしまい「化け物！」と怖がられてしまう。

　彼女の言葉に深く傷付いたアンタレスは、それ以来極度の人間嫌いになってしまい、ますます人との関わりを避けるようになってしまった。

　そんなアンタレスの深い心の傷を癒やすのが、貴族学園で出会うことになるヒロインである。

　ヒロインのどこまでも無垢で清らかな心を知り、アンタレスは恋に落ちる。そして様々な障害を乗り越えて、ヒロインと結ばれる。――それが彼のルートだ。

　幼いアンタレスに「化け物」と怯える少女こそが、この私、ノンノ・ジルベストだったのだろう。

　しかし、目の前にいるアンタレスの表情を見てごらんなさい。

　私のことを「化け物」と言いたげに怯えている。なぜか立場が逆転しているよ？

「ねぇねぇ、アンタレス君」

　私は幼子を宥めるような優しい声を出すが、アンタレスはビクッと肩を大きく跳ねさせた。

　まぁ、気持ちは分からなくもない。

　こんな儚げ美幼女の中身がこれほどドスケベだとは、思いもよらなかったのだろう。顔面詐欺だからね。それこそ読心能力持ちのアンタレスでなければ分からなかったはずだ。

正直、四六時中えっちなことしか考えていない頭の中を知られるのは、かなり気まずい。

だけれど前世の死に際(ぎわ)の無念さを思い出せば、いたいけな男の子の前でも開き直るしかない。

人生は一度きり。私はもう二度と悔いなんて残したくない。今度こそ自分の人生を謳歌し、好きなだけ我が煩悩を燃やすのだ！

「人には裏表があるということを、きみはそんなに幼いうちから知ることになってしまって、とてもつらいと思います」

ちなみにアンタレスは淡い金髪とエメラルドグリーンの瞳をした、攻略対象者らしい美少年である。そんな美少年が私を見て怯えている。

何か変な扉を開いてしまいそうな気持ちになっだが、私はぐっと堪(こら)えた。

「けれど人は大人になる過程でいずれ気付いてしまうんです。人間は薄汚れた心を持っていることに。ていうか、薄汚れているくらいが、もはや普通だってことに」

幼い彼には衝撃的事実かもしれないが、だいたいの人間は聖人じゃない。腹の底に汚濁(おだく)を抱えて生きているものである。私のスケベ心とかな！

私の言葉に興味を惹(ひ)かれたらしく、アンタレスは緑色の瞳をパチクリとさせた。

そして警戒しつつも、アンタレスは口を開いた。

「……薄汚れた心が普通？」

「そうです！」

「……でも、人前では優しい振りをして、心の中では相手の悪口を言うヤツとか、そんな人が普通だっていうの？」

「かなり超絶普通です！」

訝しげな様子のアンタレスに、私は力強く頷く。

「笑顔の下の感情がどんなに醜くて汚くても、異常ではありません。本当に悪いことは、現実的に他人を害することです。実際に口に出して相手の心を傷付けたり、物を盗んだり、怪我を負わせたり、殺したりするのが悪いことなんです」

心に秘めているのならば、相手のことをどう思っても自由だ。好きでも嫌いでも無関心でも、なんでもいい。

あくまでもいけないのは、他人の悪口を実際に口にしたり、いじめたり、悪意を自分の外側に出すことなのだ。

つまり、私がドスケベなのは私の自由だけれど、それで突然巨乳のお姉さんの乳を揉んだり、美青年に襲いかかったりしたら犯罪者になってしまう。そういうことだ。

でも多少の覗き見は許してほしい。まだまだ美幼女なこの外見に免じて。

私がそんなことを強く思えば、アンタレスは半信半疑ながらも「ふうん……」と頷いた。

「アンタレス、きみの読心能力はすごいものだよ。もし、心の中の悪意を表面に出そうとする犯罪者に出会ったら、真っ先に逃げられる。自分の身を守れるんだから」

「うん……」

アンタレスはそれから、ようやく私に尋ねた。

「それで、きみが頭の中で考えている、前世とか攻略対象者とか破廉恥なこととかって、なに？」

こうして『レモキス』のシナリオからかなり逸脱した出会い方をしてしまった私とアンタレスの、長い長い——なんと一生に渡ることになる——交流が、始まろうとしていた。

……それにしてもこの国、健全乙女ゲームの舞台だったのか。

どうりで、破廉恥なものがなさすぎると思っていたよ。

神々やら精霊が存在するのも、健全乙女ゲームの強制力というわけか。なるほどねぇ。


アンタレスと一緒に中庭へ戻ると、アンタレスの母親であるバギンズ伯爵夫人が、感極まった様子で私たちのもとへとやってきた。

「アンタレス、ようやくお部屋から出てきてくれたのね？　新しいお友達が出来たみたいで、お母様はとっても嬉しいわ」

「……はい、お母様。ご心配をおかけいたしました」

アンタレスは硬い表情で、バギンズ伯爵夫人に頷いた。

どうやらアンタレスはゲームの設定通り、他人の悪意に怯えて引きこもりがちになっていたらしい。そんなアンタレスが屋敷から出て、私と一緒に遊んでいる（ように見える）のが、バギンズ伯爵夫人にはたいそう嬉しかったようだ。

　バギンズ伯爵夫人は私に目線を合わせ、にっこりと微笑んだ。

「ジルベスト子爵家のノンノさんでしたわね。我が家のアンタレスと仲良くしていただき、心より感謝いたしますわ」

「いいえ、とんでもないことでございます」

　私もアンタレスと仲良くなれて、とても嬉しい。

　本心（スケベ心）を曝（さら）け出せる相手がこの世に一人でもいるというのは、すごく心強いものである。

　そして、これはだいぶ先の未来の話だが。

　私が長生きして百歳くらいで死んだ後、私が生涯をかけて集めるであろうスケベグッズの数々を、アンタレスに秘密裏に処分してもらいたい。

　私たち、もう友達だろ。頼んだよ。

　そう思ってアンタレスをチラリと見れば、彼は真っ赤な顔で愕然（がくぜん）としていた。

　まだ六歳の彼に終活のお願いをするのは早すぎたようだ。

　バギンズ伯爵夫人は私の母を呼び、別室にて四人でお茶会をすることになった。ちなみに他のご婦人たちはまだ中庭で趣味の会を続行中である。

　というか、これは四人だけのお茶会というより、私をアンタレスの友達にしても大丈夫か確かめるための面接という感じかもしれない。

けれど出されたお茶もレモンタルトもおいしいし、そういう親心も分からなくはないから、構わないけれど。バギンズ伯爵夫人の隣に腰掛けた母も、おいしそうにレモンタルトを食べているし。

……それにしてもバギンズ伯爵夫人、さすがは攻略対象者の産みの親だ。

年齢を感じさせぬ麗しきかんばせに、シミ一つない白いお肌。

アンタレスと同じ淡いブロンドと、本物の宝石にも負けないエメラルドグリーンの瞳が美しい。

こんな六歳児にも丁寧に接してくださる素敵な御方だ。

そしてなにより、――おっぱいが大きい。

昼用のドレスなので胸元はしっかりと隠されているのだが、お胸様から溢れるオーラが神々しい。

目力という言葉があるけれど、これはさながら乳力だろうか。実に眼福である。

バギンズ伯爵夫人は私に優しく話しかけてくださる。私はバギンズ伯爵夫人の言葉に微笑んで返事をしつつも、ついつい目線がお胸様のもとへ下りていく。

はわわっ、バギンズ伯爵夫人しゅごいボリューミー……♡

うっかりバギンズ伯爵夫人の色香に誘惑されそうになった私の脇腹を、隣に腰掛けているアンタレスがぷにっと摘まんだ。

痛くはないけれど、柔らかい腹肉を急に摘まれると、「あひゅっ」って声が出そうになる。

口許に両手を当てて声を殺し、私は犯人に視線を向けた。

私の心などガチでお見通し系男子アンタレスが、頬を紅潮させながら睨んでくる。

ごめんよ、アンタレス。きみのお母様を不埒な目で見てしまいました。私はたいそうなスケベ女児です。

でもほんと、心の中で思うくらいは自由にさせてほしい。

「ノンノさんは将来どんな女性になりたいかしら？」

「私は……」

バギンズ伯爵夫人は子供の私を楽しませようと優しい声で会話を広げながらも、私の人となりを吟味するように尋ねてくる。

その質問に触発されて、私の脳裏に前世からの根強い憧れがよみがえった。

ボンキュッボンのナイスバディになって、ボタン付きのシャツを着て、なんらかのラッキースケベによって胸元のボタンを弾け飛ばしたい。それも衆目に晒された状況でだ。

はだけたシャツを必死で押さえながら「いや～ん♡　見ないでぇ～♡」とか言って、恥ずかしがってみたい。しかも胸の谷間がまったく隠せていなければ最高だ。

――雨に濡れ透け、風にパンチラ、そんなお色気担当お姉さんキャラに、私はなりたい。

あだ名が『ボインちゃん』になれば言うことなしである。

男性から隠れてそう呼ばれていたら、もうこの世に未練はないだろう。ノンノ・ジルベストの一生は本当に輝かしかったと、私は死の眠りの間際に心からそう思えるはずだ。

「ゴフッ、ごほっ、ごほっ！」

「あら、アンタレス、お茶が熱すぎたのかしら？　気を付けて飲むのですよ？」

隣でアンタレスがお茶を噴き出し、バギンズ伯爵夫人が侍女にナプキンを持ってくるように指示を出した。

他人の心を読めるって、やっぱり大変なんだねぇ。

アンタレスが受け取ったナプキンで口許を拭うのを尻目に、私は先程の質問に答える。

「私はバギンズ伯爵夫人のような、魅力溢れる素敵な女性になりたいです！」

「あらまぁ、ノンノさんったら、まぁまぁ、おほほほほ！　嬉しいことをおっしゃってくださるのね。きっとジルベスト夫人のご教育が素晴らしいのねぇ」

「バギンズ夫人を前にすれば、どの年代の女性もノンノと同じことをおっしゃいますわよ。もちろん私もですわ」

「あらまぁ、まぁまぁ！　ジルベスト夫人まで嬉しいことを！」

うふふふふ、おほほほほ、と母とバギンズ伯爵夫人が楽しそうに笑い合う。

アンタレスが横から怖い顔をして私を凝視しているけれど、別に良いじゃないか。

バギンズ伯爵夫人のような素敵な（おっぱいの）女性になりたいのは嘘じゃないし。お茶会は円滑に進んでいるし。

これが処世術というものだよ、アンタレス君や。

パチンっとウィンクしてみせると、アンタレスは真っ赤な顔のまま唇を噛み締めた。

「アンタレス、ノンノさんと仲良くするのですよ？　ノンノさん、また我が家へご招待しますから、ぜひ遊びに来てくださいね」

「……はい、お母様」

「ありがとうございます、バギンズ伯爵夫人。今からとっても楽しみです！」

こんな感じで、私とアンタレスの交遊は、両家からあたたかく見守られながら始まった。

▽

私がアンタレスの家に通うことを良しとした理由は、もちろん彼のヘビーなキャラクター設定に同情したからだ。

ただ、それにプラスして、頻繁に外出出来るから、というのも大きい。

だって、六歳の貴族令嬢が好き勝手に屋敷の外に出られるわけがないもの。

アンタレスに出会う前の私の生活といえば、家庭教師から勉強を教わる以外に特にすることはなく、ハンカチ遊びでブラジャーを作るのに最適なハンカチのデザインを考えたり、今日こそはセクシー人参やセクシー大根が仕入れた野菜に交じっているのではないかと厨房へ確認に行ったり、庭でおっぱいの形にそっくりな木のコブを発見して触りまくったり、階段下の棚の中に隠れて侍女たちのスカートからチラリと見える足首をひたすら覗いたりしているだけの非常に楽しい毎日だった。

だがしかし、そろそろ新しいスケベに出会いたい。バギンズ伯爵家へ出掛けることは、新たなスケベと出会うチャンスだと思ったのだ。

実際、バギンズ伯爵家へのお出掛けは楽しかった。

馬車で通りすぎる場所場所には様々な人たちがいて、見飽きることがない。

特に上半身裸で汗だくになって力仕事をする若い男性を見るのは格別だった。拝（おが）みたくなるような腹筋だったし、上腕二頭筋も垂涎（すいぜん）ものだった。

時々お会いできるバギンズ伯爵夫人のお胸様は、いつでも変わらぬ神々しさで私の視線を奪っていくし。侍女たちのお仕着せも、我が子爵家のものよりグレードが高くてすごく萌（も）える。

この外出の素晴らしいところを挙げたらきりがないくらいだ。

アンタレスとの関係も良好である。

まぁ、最初の頃はちょっと大変だったけれど。

だってアンタレスはまだ非常にデリケートな状態で、あまり部屋から出たがらなかったからだ。

私に対しても、警戒心が完全に薄れたわけではなかった。

深く傷付いた心が癒（い）えるには、長い時間が掛かるものだ。もしかしたら一生をかけても癒えない心の傷だって、この世にはたくさんあるのだから。

だから私はアンタレスの部屋に通い、出来るだけ彼の傍（そば）に居続けた。

アンタレスが閉ざしてしまった世界の傍に、勝手に自分の居場所を築こうと思ったのである。

私はアンタレスの傍で、黙々と辞書を読んでは新しいスケベな単語を見つけてアンダーラインを引いたり、世界各国の夜のお誘いのセリフを覚えたり、自分好みのイケメンやお色気お姉さんのイラストを描いたりして、一人楽しく遊んだ。

そうやって根気強く傍に居続けると、アンタレスも次第に私の存在に慣れていった。

「ノンノって変わってるよね」

アンタレスは窓際に設置された机に頬杖を突きながら、そう言った。

その時、私はちょうどソファに腰掛けて、昨日スケッチしたセクシー人参の絵に色鉛筆で色を塗っているところだった。

我が家の厨房で見つけたセクシー野菜たちは、こうして毎回私にスケッチされ、厨房に返却される。そしてたぶん使用人たちのまかないになっている。

このセクシー野菜をスケッチする趣味のことを、アンタレスは『変わっている』と評したのだろうか？

でも、健全乙女ゲーム世界でスケベなことを探そうと思ったら、このセクシー野菜でさえかなり上位の存在だよ？

「いや、そのスケッチじゃな……いや、そのスケッチもやっぱり変わってるんだけれど。僕が言いたいのはそこじゃなくて」

アンタレスは話を切り替えるように一度咳払いをしてから、再びこちらを見つめた。

「僕とずっと一緒にこの部屋にいて、つまらなくならないの？　いつもノンノの心からは、『本当に楽しい』って声しか聞こえない……。きみはこんなことが、本当に楽しいの？」

「私はアンタレスの部屋でも最高に楽しいけれど」

でも、アンタレス自身が『ずっと一緒にこの部屋にいて』、『こんなことが』と思ってしまうということは、すでに彼の心はこの現状に飽き飽きしているのだ。再び部屋の外へ行くきっかけを、私に求めているのだ。

「じゃあ、一緒に部屋の外へ行こうよ。バギンズ伯爵家の中を探検したり、庭の茂みに潜んでヒューマンウォッチングしたりしようよ、アンタレス」

アンタレスも一度は勇気を出して、自分から部屋の外に出たのだ。私の美幼女顔に騙されたせいだとしても。

私が手を差し出すと、アンタレスの幼い顔から表情が抜け落ちた。

「……人が怖い」

小さな声で、アンタレスは自分の心の一番痛い場所を私に見せてくれた。

「ノンノは、薄汚い心を持っているのが普通の人間だって言うけれど。やっぱり怖いよ。あんな人たちと分かり合うなんて無理だ。ノンノはどうして人が怖くないの？　どうして怖がらずにいられるの？」

他人が怖いとか、私はあまり考えたことがなかった。

むしろ、他人と分かり合えることの方が難しいと知っている。

最初から他人に過剰な期待をしないようにしているので、他人を怖いとは思わないのかもしれない。

私は幼い子供にサンタクロースの正体は両親だよ、と伝えるような神妙な気持ちで口を開いた。

「アンタレス、たいへん残念なお知らせなのですが、他人と本気で分かり合えることの方が奇跡なんだよ。たいていの人とは、完全には分かり合えない。どんなに時間を掛けても、それが親兄弟だとしても」

「そう、なの……?」

アンタレスは目を見開いて固まった。

幼い彼に絶望ばかり教えても仕方がない。

私はほんのわずかだが、希望も教えてあげることにした。

「だから、ほんの一部でも分かり合える人とは最高の友達になれるし、誰よりも分かり合える人と出会えたら、それは本当に貴重な相手だから絶対に逃がしちゃダメだよ。全力で大事にしてあげて」

「……」

分かり合えない人が多い中で、分かり合える人と出会えた時の喜びを、アンタレスがこの先何度も経験出来たらいいいなぁ。

アンタレスは下を向くと、ぎゅっと唇を噛み締めて沈黙する。

しばらくしてから、やっと口を開いた。

「……分かり合える方が難しいと言われたって、だから開き直って他人を怖がらずに済むわけじゃない。怖いものは怖いよ。ノンノは他人の心が読めないから、分かり合えない心を直視せずに済むから、他人を怖がらずにいられるんだ。だから平気でどこへでも出掛けられるんだ」

「そうだね。それは否定出来ないよ」

アンタレスが持たされてしまった読心能力は、もはや呪いだ。

普通の人が持つことを許される希望さえ、黒く塗り潰されていく。

こんな呪いを抱えて、これから先もずっと生きていかねばならないアンタレスのことを思うと、不憫でならない。

私がアンタレスにしてあげられることは、きっとそんなに多くないだろう。けれどそれでも、彼にしてあげられることのすべてを、してあげたい。

だって私たちはこうして出会い、友達になれたのだから。

「アンタレス、他人の心の声が怖くなったら、私の心の声にひたすら耳を傾けていればいいよ」

「え……？」

戸惑うアンタレスの前に立ち、私は自分の胸に彼の頭を押し付けるようにして抱き締めた。

心がどこにあるのかは知らないけれど、なんとなく心臓の場所のような気がして。

私が巨乳であったなら、今頃アンタレスは男の喜びを噛み締めることが出来たかもしれない。だが残念ながら、六歳女児のまっ平らな胸である。桃色の雰囲気にはまったくならなかった。

「私は大体えっちなことしか考えていないから。私の心の声を聞いても、べつに怖くないでしょ？」

「怖くはないけれど……」

アンタレスはそう呟いた後、ゆっくりと私のドレスの脇腹辺りを摑み、しばし沈黙した。

彼の肩がか細く震え、私の胸元から「ずびっ」と洟を啜る音が聞こえてくる。胸元の生地が熱く湿ってきた。

「……ふつう、自分の心の声を聞けなんて言う？　きみって本当に変わっているよ、ノンノ」

アンタレスを他人の心の声というノイズから少しでも守れるのなら、べつに変人扱いでも構わないよ。

ていうか、世の中には変じゃない人の方が少ないからさ！

私はそう思って、アンタレスの淡い金髪を撫でる。

アンタレスは真っ赤になった顔をそっと上げて、小さく微笑んだ。

そういうわけで私とアンタレスは一緒に屋敷内を歩き回るようになり、庭で張り込みをしたり、テラスでお茶をしたり、アンタレスの愛馬であるレディナに会いに行ったりするようになった。

レディナは、アンタレスが引きこもりきりになったことを心配した彼のご両親が、部屋の外に出るきっかけになればと購入したそうだ。

ようやくレディナとの初対面を果たしたアンタレスは、一目で彼女に心を奪われていた。

「ノンノ！　僕、動物の心の声はまったく聞こえないみたいだ！」

そう言ってレディナの首筋を撫でるアンタレスは、陽の光の中でキラキラと笑っていた。

彼の無邪気な笑顔を見たのは、これが初めてかもしれない。

「よかったねぇ、アンタレス」

「うん！」

こうしてアンタレスは逃げ場をもう一つ見つけることが出来、乗馬好きになった。

いつの間にかアンタレスは屋敷の外にも出掛けられるようになり、私なしでもだんだん他人と会話が出来るようになっていった。

そうなってくると必然、貴族的な活動——他家のお茶会に参加することになるわけでして。

▽

「公爵家のガーデンパーティーとか初めてなんですけれど……。ねぇアンタレス、私、場違いじゃない？」

「場違いでも傍にいてよ。ノンノ、絶対に僕から離れないでね」

「場違いじゃないって否定してほしい、切実に」

バギンズ伯爵夫妻に連れられて、私はアンタレスと一緒に、とある公爵家のガーデンパーティーへと出席することになった。

我がジルベスト子爵家は下級貴族の部類なので、上級貴族ばかりが集うパーティーに招待されることはほぼない。バギンズ伯爵家のお茶会に参加したのだって、うちの母とバギンズ夫人が学生の頃に同じ手芸部だったという縁で誘われただけである。

だが、アンタレスは私と違って上流貴族の一員。伯爵家の中でも序列が一番高いと言われているバギンズ伯爵家の嫡男だ。

バギンズ伯爵家の領地にはシトラス王国一の巨大な港があり、貿易の要である。

エメラルドグリーンの海が美しいので観光業も盛んで、海産物もおいしいし、上質な真珠も採れる。シトラス王国で最も重要な領地の一つなのだ。

そんな領地を引き継ぐアンタレスが上流貴族の猛者たちと渡り合うためには、やはり地道な社交活動が必要だ。

アンタレスが社交界という戦場に立つというなら、友達である私も参戦せねばならない。

だけれど、やっぱり緊張する。

もちろん淑女のマナーは、家庭教師によりすでに叩き込まれていた。けれど、うっかりケーキのお皿をひっくり返してしまったらどうしよう。私が生クリームにまみれても、喜ぶのはロリコンしかいないだろうし。

「……ノンノの方が僕より緊張していないじゃないか」

アンタレスがボソッと言う。

彼に視線を向ければ、顔がいつもより青ざめていた。

「アンタレス、やっぱり怖い？　今からでもバギンズご夫妻に体調不良だって言いに行く？　別に逃げてもいいと思うよ。社交のチャンスはこの先何回だってあるんだし」

「……このまま参加する」

アンタレスが私の手をきゅっと握り締める。緊張からか、冷たい汗をかいていた。

私からも、しっかりと手を握り返す。

「どうせ今逃げたって、生きている限り僕はこの能力に悩まされ続けるんだ。それなら早く、他人の悪意に慣れてしまいたい」

「アンタレス……。すごく格好いいことを言うんだね。本当に偉いよ！」

「だから傍にいて、ノンノ」

エメラルドグリーンの瞳が、すがるように私を見つめてくる。

こんなに弱っていて、こんなに私を必要としている幼馴染を、どうして見捨てられるだろうか。

私は手を繋いでいない方の手で、自分の胸をぽんと叩いた。

「もちろんアンタレスの傍にずっといるよ。あんまり役には立たないと思うけれど」

「一緒にいるだけでいいんだ。ノンノは僕の御守りだから」

アンタレスはそう言って、少しだけ口許を緩めた。

傍にあるだけで、災厄から身を守れるかもしれない『御守り』。

〝かもしれない〟というところがみそで、効力はその人の気分次第みたいなものだ。

私が傍にいるだけで他人の悪意から身を守れるかもしれないと、アンタレスがそう思って気分が楽になるのなら、頑張って御守り役に徹しようではありませんか。

私がそう決心すると、

「ノンノの心の声を聞いているだけで心強いよ」

と、アンタレスが答える。

「アンタレスが読心力で他人の悪意を読み取って苦しい時は、傍でいっぱいえっちなことを考えていてあげるね！　えっちなことってニヤニヤして幸せだもん！　だから安心して！」

「べつにいつも通りでいてくれれば……。いや、それがいつも通りのノンノの思考か」

アンタレスは眉間（みけん）にしわを寄せながら呟いた。

まだ六歳のアンタレスには、エロスの奥深さは分からないか。ふふふ。

私がそう考えていると、アンタレスは胡乱（うろん）げな表情をした。

ガーデンパーティーの受付が終わったバギンズ夫妻が、ちょうど私たちに振り返る。「さぁ、行きましょう」と声をかけてくれた。

私とアンタレスは返事をし、手を繋いだままバギンズ夫妻に歩み寄った。

ガーデンパーティーは大きなテラスと、そこから続く広大な庭園で開催されていた。

さすがは公爵家の庭園だ。花盛りの百合がじつに見事である。

純白の百合だけではなく、ピンクや薄紫色や黄色など、百合ってこんなに色の種類があったのかと感心するほど多くの花が咲いていた。そこら中から百合の甘い香りが漂ってくる。

私たちはバギンズ伯爵夫妻から紹介された方々へきちんと挨拶をしてまわり、それが終わる頃には、アンタレスの肌が蒼白からもはや土気色にまで変化していた。つまり死にそうである。

「大丈夫なわけないよね、アンタレス……？」

心配になって尋ねると、アンタレスは喋るのもつらいというように一度だけ首肯した。

どうやら大人たちの悪意を読み取りすぎたらしい。

「私、アンタレスのために、今すぐえっちなことを考えるね？」

アンタレスは、今度は首を横に振った。

ゆっくりとした動きだったが、『本気で要らない』という強い拒絶の感情が伝わってきた。

「これからどうしよう……？」

子供たちが集まっているガーデンテーブルへ移動する予定だったけれど、ここでアンタレスをリタイアさせた方がいいかもしれない。

別室で休憩出来ないか、使用人に聞いてみよう。

「……いや、いい。参加する」

「でもアンタレスの顔色、かなり死んじゃってるよ？　今にも棺桶に入っちゃいそうだよ？」

「ここまで来て脱落するのは、とても悔しい……」

意外と負けず嫌いなことをおっしゃいますのね、アンタレス坊ちゃま。

「限界が来る前にちゃんと言ってね？」

「ん……」

子供たちの社交くらいなら、私にもなんとか出来るかもしれない。前世で学校生活を経験している分、同世代の子との会話には慣れている。

あれでしょ。要は相手にマウントを取られても、穏やか～に微笑んで相槌を打っていればいいのだ。

それで我慢が出来なくなったら、相手に気取られないよう爽やかにマウント返ししてほくそ笑み、返せるマウントがなければ『はぁぁぁ!?　貴方様のお話なんて一ミリも興味ありませんわぁぁぁ!?』って心の中だけで荒ぶって地団駄を踏んで、世界を滅ぼす妄想でもしていればいいのだ。

私は基本的には世界平和を願える良い子だけれど、毎日願い続けられるような精神状態は維持出来ないのでね。

そういうわけで私たちは子供たちのマウント合戦……ではなく、社交に参戦した。

私は目上のお小さい方々のマウントを、穏やか～な表情で聞く。

クククッ……、いい気になりおって、小童どもめ。こちらをただの子爵令嬢だと思っているな？

しかし私のバックには、あの『貿易のバギンズ』が付いているんだぜ！　舐めてかかると痛い目に遭うぜ？

えぇぇぇ⁉　嘘⁉　公爵家の血縁者でしたか‼　ははぁ……、それはそれは……。くそぅ、勝てない……‼

せめて相手に気付かれないようにマウント返しをしたくて頭を働かせまくったが、結局返せるマウントが見つからなくて腸が煮えくり返り、意外と楽しいお喋りもして、世界を一度だけ滅ぼす結果となった。

私の隣で死人寸前だったアンタレスはというと、私の心を読んでいるうちになぜか回復に至った。

それどころか、「今日はいつもの破廉恥妄想より、ずっとマシなことを考えてたね」と、『やればできるじゃん』ふうに言われた。

私はあんまり世界を滅亡させたくはないんですけれどね、アンタレス君や？

そしてようやくお開きの時間が近付き、子供たちをそれぞれの親元へ案内するために使用人が近寄ってきた。

「バギンズ伯爵令息様、ジルベスト子爵令嬢様、どうぞこちらへ。バギンズ伯爵夫妻様のもとまでご案内いたします」

「分かりましたわ。行きましょう、アンタレス様。……アンタレス？」

アンタレスは使用人を見上げて固まっていた。そして見る見るうちに顔色が真っ青になり、体が震え始める。

私はとっさにアンタレスの腕にしがみついた。

「案内は必要ありませんわ！　あちらでバギンズ伯爵夫妻が私たちに手を振ってくださっているのが見えますもの。さあっ、アンタレス様！　バギンズ伯爵夫妻のもとに行きましょう！」

使用人が何か言いたげに唇を震わせるのをぴしゃりと撥ね退け、私はアンタレスを引きずるように進んだ。

早くこの使用人から、アンタレスを引き離してあげたかった。

使用人は案内を諦めたように立ち止まり、頭を下げて私たちを見送った。

「……愚痴って良いんだよ、アンタレス。あの使用人、よっぽど嫌な人だったんでしょう？」

小声で尋ねてみるが、アンタレスは泣きそうな顔で首を横に振るだけだ。

「……口に出すのも、おぞましい。あんな気持ち悪い心、ノンノは知らなくていい」

アンタレスは他人の酷い心にぶち当たった時、自分の内側に溜めてしまうタイプだ。無理に聞き出そうとしても、打ち明けてはくれない。よほど私に知らせたくないのだ。

こんな時、どうしたらアンタレスの心が楽になるのだろう。

幼馴染として、私は彼に何をしてあげられるのだろう。

「傍にいてくれれば、それでいいよ」

「うん……」

私たちはバギンズ伯爵夫妻と合流して馬車に乗り込み、公爵家を後にする。

ガーデンパーティーに疲れて眠った振りをして、私とアンタレスは互いにぴったりと寄り添い合った。

私の肩や腕から熱が伝わって、アンタレスの心まで温められたらいいのに。

やっぱり今日の私は世界平和を願えない気分なので、心の中でもう一度世界を滅亡させることにした。

アンタレスが車輪の音に紛(まぎ)れて、

「……カイジューってヤツ、本当にノンノの前世の世界にいたの？　口から劫火(ごうか)を吐くって、どこにも逃げ場がないじゃないか」

と、私の心に突っ込んだ。

私は日曜朝の特撮ヒーロー番組を思い返し、

「毎週のように目撃情報が上がっていたよ」

と答えておいた。

第二章　告白

Chapter 2

時は流れて十年後。

私とアンタレスはよく食べてよく学び、よく遊んでよく眠り、すくすくと成長していった。

私のヘーゼルナッツ色の髪は肩より下に伸び、胸はささやかながらも膨らみ、幼女から少女へと体の形を変えた分、儚げな印象がさらに強まってしまったような気がする。

完全無欠の健康体だから現世の自分の体に大きな不満はない。

どんなおっぱいのサイズだって魅力的だと思っているし、自分でも結構美乳だと思う。

けれど、海水浴に出掛けたら必ずビキニが波にさらわれてしまう系お色気お姉さんキャラに憧れる気持ちは、今も少しも変わらなかった。この調子だと、来世でも憧れている気がする。

アンタレスはゲームと同じ姿になった。淡いブロンドとエメラルドグリーンの瞳が印象深い中性的な美青年だ。背は高く、手も足もスラリと長くて、人間嫌いが滲み出している硬い表情がデフォルトである。

けれど長年私と一緒にいたせいか、呆れ顔だったり困惑顔だったり、ドン引き顔だったり赤面顔だったりと、ゲームのアンタレスよりも表情豊かに育ったと思う。

そんな私たちは十五歳の時に『レモンキッスをあなたに』の舞台であるシトラス王国王立貴族学園へと入学し、現在二学年になる。

庶民として市井で暮らしてきたヒロインが、立て続けに両親を亡くし、今まで絶縁されていた祖父母のいる男爵家に引き取られて、同学年へと途中編入した。

ついに乙女ゲームが始まったのである。

ヒロインは〝スピカ・エジャートン〟という名前の、ピンクブロンドと蒼い瞳が綺麗な美少女で、すでに攻略対象者たちを魅了しているらしい。

二学年の王太子殿下に、一学年の第二王子とその双子の第三王子。同じクラスの世話焼きの侯爵令息や、三学年のグレンヴィル公爵令息と、選り取りみどりという感じだ。

けれど私は今のところ、スピカちゃんにあまり興味がない。

これが『レモキス』という超健全乙女ゲームではなく、それこそ前世の私がプレイ出来なかった十八禁えろえろ乙女ゲームの世界だったなら、私はヒロインに対して何かしらの行動に出ただろう。濡れ場を覗き見するとか。なんならお友達になって、恋愛相談に乗る振りで攻略対象者たちとのドスケベ話を聞き出すとか。

あーあー、なんでそっちの乙女ゲームに転生出来なかったんだろう、私。こんな超健全世界とか拷問だよ～。

ちなみに超健全世界のせいか、攻略対象者たちに婚約者や恋人の存在はない。アンタレスも絶賛フリーの身だ。略奪愛なんて、健全ヒロインのすることじゃないもんね。

シトラス王国の貴族の婚活事情は、日本とけっこう似ている。

在学中に恋人を見つけるか、卒業後にお見合いをしたり、自ら婚活をして結婚という流れが多い。私たちの年代ですでに婚約者がいる人は、ごく少数だ。

もちろん私にも婚約者や恋人はいない。

このままでは前世と同じく処女歴を更新し続けてしまうのでは、という焦りがないわけでもないが。両親から私宛に縁談が来ているという話は前々から聞いているので、処女の貰い手……ではなく、嫁の貰い手がないということはないだろう。

在学中に恋人が出来るかもしれないし、と私は密かに期待している。

どうせ結婚するならば、スケベな人が良いな。

隣国の第二皇子がかなりの女好きで、あちらこちらの女性に手を出しているという噂は本当だろうか？

私は子爵令嬢なので、皇子妃どころか側妃になるのも無理な身分だけれど、妾とかお手付き侍女あたりなら狙えないだろうか。

女好きの人なら処女の私のこともうまく転がしてくれそうだし、お手付き侍女なんて他人のドスケベもたくさん見れそうな気がする。大興奮の生活じゃなかろうか。

隣国にはそんなセクシー皇子がいらっしゃるというのに、超健全乙女ゲームの舞台であるシトラス王国には、そういう破廉恥(はれんち)な人がまったくいない。

愛人とか不倫って何？　みたいな、万年新婚夫婦ばかりが暮らしている。

それはもちろんとても良いことだけれど、乙女ゲームの強制力ならすごすぎる。恋愛結婚と政略結婚の割合は五分五分なのに、もれなく全員ラブラブ夫婦になるのだから。

そのわりに性教育が小学生の保健体育レベル以下なのだから、なんだかなぁ……。これも強制力なのだろうか。

「……ノンノのご両親が、女にだらしない噂のある男のところへ、きみを愛妾(あいしょう)に出すわけないでしょ。いくら同盟国の皇子相手とはいえ」

「あ、アンタレス」

ドン引きした顔で現れたのはアンタレスだ。

もはやこの表情も見慣れたものだ。

図書館に隣接する中庭のベンチに腰掛けていた私は、「おいでおいで」とアンタレスを手招いた。

アンタレスは一つ溜め息を吐(つ)くと、こちらに近付いてくる。そして長い脚を投げ出すようにして、私の隣に座った。

十六歳のアンタレスの横顔は、芸術品みたいにとても綺麗だ。彼を調教したいと願うご婦人たちは、陰日向(かげひなた)にたくさんいるのだろう。

きっと緊縛とか手錠とか、血糊とかも似合うだろうな。屈辱そうに顔を歪めていると、なお良いだろう。

そう思ってアンタレスの横顔を観察していたら、彼の頬がじわじわと紅潮し、無表情を装っていた顔が崩れていく。

「もう、ノンノは昔からそうだけれどさぁ……。きみの心の声を聞いている僕の気持ちも、少しは考えてくれない？　なんなの、緊縛とか手錠とか、血糊って……」

「ごめん、ごめん」

「心と言葉が一致してないって、分かっているんだけど」

「まぁ、心の中のことは大目に見てよ。実際に私がアンタレスに手錠を強要したら、衛兵に突き出していいからさぁ」

「『あ、突き出すって言葉、えっちじゃない？』って思いながら言わないでくれる？」

目元を赤らめながら睨むアンタレスの顔は、ちょっと可愛い。出会った頃のアンタレスを思い起こさせる。

「……それでノンノはなんでこんなとこにいるわけ？　またお得意のヒューマンウォッチング？」

「私の心を読めば良いのに」

「現在進行形で考えていること以外を読むのは、面倒なんだけれど」

アンタレスの読心能力はかなり強力だ。

同じ教室にいる生徒全員の心の声が聞こえるし、強い感情を持った相手なら、他の部屋にいても聞こえるそうだ。

他人がリアルタイムで考えていること以外にも、その人が抱える深層心理や過去のトラウマ、場所や物から残留思念を読み取ることも出来ると、この十年の間に発覚した。

一応、アンタレスが眠っている時は聞こえないのだそう。

こんなに厄介な能力を抱えて、よく心が壊れずにここまで成長出来たものだ。奇跡だろう。

アンタレスは『レモキス』の攻略対象者じゃなくて、推理物のゲームや小説の主人公の方がよっぽど向いていると思う。

まぁ、本人はその能力の使い道を探そうとはしていないのだけれど。

私は先程まで広げていた手紙を、アンタレスに見せた。

「なに、これ?」

「出版社から。私の小説がまた発禁になっちゃったっていう連絡」

「ぶふっ」

この十年間、私もラッキースケベを求めてただヒューマンウォッチングするだけでは終わらなかった。

ラッキースケベが三次元に起きないのならば、二次元に起こせばいいじゃないか。

ある日そんな天啓を受けたような気持ちになり、私は筆を執ることにした。そして昼は淑女、夜は自動筆記マシーンとして寝る間を惜しみ、ちょっとスケベな小説を書き続けた。

最初は作品が出来る度にアンタレスに読んでもらい、感想を貰っていた。

そして十五作目あたりで、げっそりとした表情のアンタレスから、

「もうこれ、出版社に送ってみたら？」

と助言を受けた。

その通りに行動してみたら、なんと、出版社から色好い返事が来たのである。

かくして私は〝ピーチパイ・ボインスキー〟というペンネームで作家デビューを果たし、『この健全国家に破廉恥革命を！』というスローガンで今も数多くの作品を産み出し続けている。

その結果が、発禁——発行禁止処分である。

「なんでだろう？　私の書く小説って、前世の少女漫画や少年漫画レベルのスケベしかないのに。ガチの官能小説じゃないのに。十八禁に手を出す前に死んだ私に、そこまで神々しいものが書けるわけないじゃない……！」

「いや、前世の世界では良くても、シトラス王国では駄目なレベルなんでしょ」

アンタレスは淡々とツッコんだ。

ちなみに私は女性向け小説と男性向け小説の両方を書いている。

最初は女性向けばかり書いていた。壁ドン顎クイ頭撫でポンからの事故チューとか、女性がときめくものをふんだんに詰め込んだ恋愛小説で、プラトニック一色だった出版業界で異彩を放ち、売

れに売れた。

けれど男性評論家たちから「こんな男はファンタジー。なんのリアリティーもない」などとボロくそに言われて腹が立ったので、今度は男性向けを書いてみた。少年漫画でよくあったハーレムものをお手本に、ラッキースケベ尽くしの小説を。

すると、どうだろう。私の女性向け小説をボロクソに言っていた評論家たちから「これこそが真の芸術である!!」などと手のひら返しをされたのだ。ははんっ、ざまぁー!

どう考えても、登場する女性キャラにリアリティーはない。女性キャラ全員が男性主人公に惚れていて、ラッキースケベされまくっても訴えないなんておかしいのに。

結論、シトラス王国は超健全乙女ゲーム強制力に支配されてはいるけれど、スケベが好きな人は確かに存在している。

ああ、それなのに発禁。ひどすぎやしませんかね、お上の方々。

「これが乙女ゲームの強制力、この世界の意志なのね……」

「あんな不健全すぎるものを書いていたら、そうなるよ」

「だってあんなに売れたのに。皆が読みたいと思ったから売れたんだよ? 翻訳版も国外で売れまくってるよ?」

「売れることだけが大衆の支持を得た証ではないからね」

アンタレスは辛口評価だけれど、実際学園内でも〝ピーチパイ・ボインスキー〟の名前は有名だ。

女子生徒たちがカフェテリアでうっとりとした表情をし、

「ピーチパイ先生の新作をお読みになりましたか？　まさか雪山で遭難して山小屋で一夜を明かすだなんて、斬新な展開ですわ」

「ええ。暖炉の薪が足りなくて、下着姿で殿方と抱き合って暖を取るなんて、天才の発想ですわっ！」

「はぁ……。ピーチパイ先生の作品は、なんてロマンチックなのでしょう」

などと話し合っているところを目撃したり——、
校舎裏では男子生徒たちが集まって、

「ボインスキー氏の傑作はやはり『トラブル学園桃色一〇〇％へようこそ』ですなぁ。女子生徒の制服が謎の果物の果汁で溶けだすなど、神展開の連続でありますぞ」

「しかも我らが主人公たそは、相変わらず期待を裏切らぬ活躍で女子生徒たちのあれやそれやに顔面ダイブでありますぞ」

「やはりボインスキー氏は分かっておられますな、芸術というものを……」

と、頷き合っているところを目撃したりした。

ちなみに私は素知らぬ体を装って、女子グループにも男子グループにも「なんだか皆さん楽しそうですねぇ。なんのお話をされているのですか？　私も交ぜてくださいな」と突撃したのだが、今のところ全部断られている。

まあ、男子生徒たちがスケベ話をしているところに女子を入れてくれないのは、仕方がないかもしれないが。

私が薄幸美少女顔をしているせいで『ノンノ様は破廉恥な話など耳にした瞬間、倒れてしまいそう』と思われているらしく、女子生徒たちからも「ノンノ様には興味のないことですわ」と、やんわりと断られてしまった。解せぬ。

「しかし発禁かぁ～。どうしようかなぁ。この際〝プリンプリン・シリスキー〟とかに改名してみるか。それともシトラス王国での出版は諦めるか……」

私の書いた本は近隣諸国でも翻訳されているのだが、そちらの国々の方が健全強制力が薄いみたいで、シトラス王国以上に売れていた。

これ以上乙女ゲームの強制力に屈する前に、亡命するのもありな気がしている。

「亡命って……。ノンノはジルベスト家の方々を悲しませたいわけ？　皆、きみのことがあんなに大好きなのに」

「そうじゃないけれどぉ～」

父は地道に出世して何とか局の局長になり、母も刺繍の趣味が高じて、刺繍の講師として引っ張りだこの毎日だ。

おっとり屋さんの姉も婿養子を貰い、昨年第一子を無事に出産した。人の好い義兄と、可愛い姪っ子が家族に増えて、私も嬉しい。

ジルベスト家で働く使用人たちは、私が幼い頃からあまり顔触れが変わらず、優しい人ばかりだ。

私が他国に亡命したら、ジルベスト家は全員悲しむだろう。

「……ちなみに僕だって、ノンノがこの国からいなくなるのは嫌だよ」

「そうだよね、アンタレスは私以外に友達がいないもんね……」

「そういう意味じゃない」

なぜか頭が痛そうにアンタレスが呟くが、そういう意味もどういう意味も、彼は私がいなければぼっち確定の生活を送っている。

ゲームのアンタレスも、ヒロインに出会うまでは孤独だった。今は私が傍にいるだけ、随分とマシなのかもしれない。

やはりアンタレスのようにまともな感性を持つ人間が読心能力を持ってしまうと、人の輪の中で暮らしにくい。

私のようなスケベだったら、他人の性的嗜好を調べる楽しみに目覚めていると思うけれど。

「ノンノにこの能力がなくて本当に良かったと思うよ。きみは人類の敵だと思う」

「だよねぇ。その力はアンタレスだけが正しく扱えるんだよ。他の人じゃロクなことに使わないと思うもん」

「ノンノって本当に……。基本残念な思考をしているのに、時々ものすごくまともなことを言うから、嫌になるよ……」

脱力するアンタレスの肩を、慰(なぐさ)めるようにポンと叩いておく。

「そういえばヒロインとはどうなの、アンタレス？」

「どうって……」

「ヒロインとくっついちゃえば、ぼっち卒業になるじゃない？」

私の発言が気に食わなかったようで、アンタレスにジロリと睨み付けられてしまう。

一体なぜだ。ぼっちであることを指摘されるのが、そんなに嫌なのだろうか。

アンタレスは深々と息を吐くと、「さっき」と呟いた。

「ノンノが言うヒロインとやらに遭遇したよ」

「わぁっ、ついに！」

「ここに来る途中、木に登ったまま下りられなくなった子猫を助けようとしていた。それで僕も手伝うはめになったんだ」

「ねっねっ、すごく良い子だったでしょ、ヒロインちゃん」

「うん」

アンタレスはヒロインを思い返すように頷いた。

けれど、その横顔には、ゲームで見たような熱っぽさは不思議となかった。

「彼女は良い子すぎる。心の声を聞いても、どこまでも純粋で、まっさらだった。……まるで神様みたいな子だったよ」

「神様？　なにそれ」

ゲームのアンタレスは純真なヒロインの心に癒やされ、恋に落ちた。

現実のヒロインの心も同じなら、アンタレスも彼女のことを好きになると思ったのだけれど。

なんだか、ゲームのアンタレスとは微妙に反応が違うような気がする。

私が首を傾げていると、アンタレスが私の顔を覗き込んだ。

そして私の頬にゆっくりと触れ、両手で包み込む。

「あんなに綺麗な心で生きていられるなんて、人間じゃないみたいだ。ノンノが言う『乙女ゲームの主人公』という運命の依怙贔屓がなければ、彼女はとても人との間では生きていられないだろうね」

「つまり？　アンタレスはヒロインを好きになったの？　なれなかったの？」

「彼女は遠くで見守っているくらいが、ちょうど良い相手だよ。あんなに綺麗な心で生きていかなくちゃならないなんて、むしろ同情する。可哀想だ」

よく分からないが、今のアンタレスにはヒロインちゃんはタイプじゃないみたいだ。

美人で性格の良い子でもタイプじゃないって、どんだけ理想が高いんですかね、アンタレス君？

アンタレスは私の心の声に答えた。

「つまり僕は、薄汚れたくらいの心の方が、ずっと親しみを感じるようになってしまったってわけ」

それはどういう意味なのだろう？

そう思った瞬間、両頬に添えられたままだったアンタレスの両手にわずかに力が籠る。

アンタレスの顔が近付き、彼が付けている香水がふわりと鼻先で香る。

彼の体温を至近距離に感じた。

「責任、取ってよね。全部ノンノのせいだから」

「突然責任とか言われても……。なんの責任でしょうかね、アンタレス君や」

「僕が〝ヒロイン〟に恋をしなかったのは、ノンノのせいだって言ってるの！」

突然語気を強めたアンタレスは、そのまま私の額へと口付けた。

ふにゅっと湿っぽい温もりが押し付けられたと思ったら、アンタレスの両手が離され、彼はベンチから立ち上がる。

アンタレスは怒っているみたいに真っ赤で、目尻に少し涙が溜まっていて。

呆気に取られている私を見下ろし、小さな声で呟いた。

「……好きだよ、ノンノ」

アンタレスはそのまま乙女のように駆けていった。

はて。

私は口付けられた額に、そっと触れる。

……はて。

じわじわと顔が熱くなってくる。アンタレスが口付けた額も、触れた頬も、全部が熱くて、茹だ

ってしまいそうだ。

私はスケベなことが大好きで、こういう純愛チックなものって、鼻で笑っちゃうくらいどうでもよかったんだけれど。

……自分の身に起きてしまうと、どうでもよくは、ないんですねぇ。

私はベンチの上でうずくまり、しばらくその場から立ち上がれなくなってしまった。

——どうしよう、アンタレス。腰が抜けたよ。

▽

「……はぁー……。やって、しまった……」

下校に合わせて迎えに来てくれた我が家の馬車に乗り込み、ガラガラと車輪が動き出す音をしばらく聞いてから、僕は深い溜め息を吐いた。

座席の背凭れに寄り掛かっていたはずの背中がどんどん丸くなり、視界に制服のスラックスに包まれた自身の太ももが映る。

いつもは紳士らしい振る舞いに気を付けているが、今ばかりはピシッとした姿勢が取れない。まるで、ぐでんぐでんに力の抜けた猫のようだ。

情けないいな、アンタレス・バギンズともあろう者が。それでもバギンズ伯爵家嫡男なのか。

そう自分に発破をかけてみるが、やはり気持ちは切り替わらない。

それどころか、先程自分がしてしまった告白の場面を何度も思い返し、恥ずかしさに身が焦がれる。もういっそ誰か、このまま僕を燃やしてほしい。

ノンノの額に触れた唇を、そっと指先でなぞってみる。

彼女の額は思ったよりもひんやりとしていた、気がする。

ほんの一瞬のことだったし、気持ちが昂っていたので、ハッキリとは覚えていられなかったけれど。

「ノンノ、……僕のことをどう思ったんだろう」

あの場に踏み留まっていれば、僕は読心能力で彼女の気持ちを読むことが出来た。

けれど、彼女の気持ちを読みたい欲求よりも羞恥心が上回り、逃げてしまった。

ノンノは僕からの好意を、少しでも嬉しいと思ってくれただろうか。

それとも戸惑いの方が大きかったのだろうか。

勢いで額に口付けてしまったけれど、そのことでノンノを傷付けてしまったりとかは……。

いいや、破廉恥なノンノのことだから、額への口付けだなんて幼い愛情表現に心を揺らしたりはしないか。

そこに関してはむしろ「デコチューだなんて、アンタレスったらプラトニックすぎない？」と、
逆の意味で彼女を驚かせたかもしれない。そう思うと、少しだけ恥ずかしさが薄れるような気がす

る。

ノンノにとって大した出来事ではないのなら、僕にとってもまだ致命傷ではないはずだ。

羞恥で暴れまわっていた心が、ようやく少しだけ正気に戻る。

僕はやっと上体を起こし、背凭れにきちんと背中をつけた。馬車窓から外の風景を見るとはなしに見つめ、頭の中を整理する。

今日はあまりにいろんなことがありすぎた。――いや、今日も、か。

ノンノと出会ってからずっと、僕の毎日はあまりに騒がしいから。


他人の心が読めるという、この呪わしい能力が僕に目覚めたのは五歳の時のことだ。

本当になんの前振りもなく突然のことで、当時の僕はたいへん混乱した。

いつも優しく接してくれていると思っていた侍女が、本当は『近寄るなクソガキ。子供の世話なんて、まっぴらごめんだわ』と、僕のことを嫌っていた。

理想の大人だと憧れていた紳士が、心の中では罵詈雑言（ばりぞうごん）を叫びまくっていた。

「私たち親友じゃない。なんでも相談に乗るわ」と口では言っていたご婦人が、相手の私生活を悪意を持って周囲に広めていた。

僕がずっと綺麗だと信じていた世界には、実は、そんな恐ろしい人たちがうじゃうじゃ犇（ひしめ）いて暮らしていた。

その真実を、大人になっていく過程でゆっくりと知ることが出来たら、僕はそれを諦めと共に受け入れることが出来たのだろう。

けれど五歳の僕には、とても無理だった。

それまでは優しげな笑顔と綺麗な言葉と丁寧な物腰に囲まれて生活していたので、世界から突然背を向けられたかのような絶望を感じたのだ。

幼い僕が人を恐れて自室に引きこもってしまったのは、仕方のない流れだったと今でも思う。

あの頃の僕は、誰も彼もが怖かった。

実の両親の心にさえ、僕は怯えていた。

両親は僕を心配する言葉を口にし、僕のことを本気で愛してくれていながらも、その心の隅で僕のことを面倒だと感じているのが分かった。

『今まで良い子だったのにどうしたのだろう。心配だ、早く良くなっておくれ。……手のかからなかった頃の息子に早く戻ってほしい』

どうして、たった五歳で知らなくてはならなかったのか。

せめて十五歳の僕だったなら、そんな両親の心の声に、あれほど激しく傷付くこともなかっただろう。

両親には領民を守るための多くの務めがあり、日々の暮らしの忙しなさに疲れていて、僕のことだけにかまけていられないことを、理解してあげられただろう。

かつてノンノが、『たいていの人とは、完全には分かり合えない。それが親兄弟だとしても』と言ってくれたように。

どれだけ親子の愛情があったとしても、その愛情を盾（たて）に、両親の一個人としての心や時間といったものまでは、ねだってはいけないのだ。

けれど幼い僕は、両親が僕のことを一番に優先してくれないことに不信感を覚え、読心能力が目覚めてしまったことを誰にも相談出来ずに泣いていた。

そんな面倒な子供であった僕だが、両親はまだ見捨てないでいてくれた。忙しい合間を縫って、僕に様々な気分転換を用意してくれたのだ。

たくさんの本や玩具（おもちゃ）、新しい馬を買ってくれたり、お気に入りのパティスリーから新作のお菓子を取り寄せてくれたり。

同年代の子供たちを呼んだ気楽なお茶会も、その一環だった。

そしてそのお茶会で、僕はノンノ・ジルベスト子爵令嬢と出会った。

ノンノはヘーゼルナッツ色の大きな瞳と細い髪を持つ、繊細そうな少女に、初めは見えた。

整った顔で困ったように笑い、ゆっくりとお茶を口に含む所作（しょさ）も愛らしくて、周囲の人間の庇護（ひご）欲を刺激するような儚さを持っていた。

僕は他人の心の声が聞こえないように中庭には出ず、屋敷の中から彼女を見ていただけだから、余計にそんなふうに思えたのだ。

僕はそれから何度か我が家にやってくる彼女を、ひっそりと観察していた。

だが、毎回必ずお茶会の途中で彼女の姿を見失った。

お茶会の最後にはひょっこりと姿を現すのだが、姿が見えない間に彼女が何をしているのか、僕は知りたかった。

そしてある日、お茶会の途中でノンノは中庭に咲いた花を一生懸命に摘み始めた。

子供たちが座っているラグの周囲の花を一輪一輪と摘んでいき、「あっ！　あっちにも綺麗なお花がある！　わぁっ、そっちにも！」というようにぴょんぴょん跳ねながら、カラフルな花束を作っていく。その姿は野うさぎみたいだった。

彼女の性格をよく知った今なら分かるけれど、あれは人畜無害な振りをしてお茶会をバックレようとする、ノンノの迫真の演技だった。

けれど僕はそんなノンノに見惚れた。きっとあの子は純真な子に違いない、と。

彼女の外見に、見事騙されたのである。

あれほど他人を恐ろしいと思っていたこの僕が、なぜノンノのことだけはそんなふうに思ってしまったのか。

思い返せば恥ずかしい事実なのだが、僕は単純にノンノの見た目が好みだったのだ。

だから都合良く、ノンノのことを純真な子だと思い込んでしまった。本当に恥ずかしい。

結果として僕は、またしても中庭から消えてしまったノンノの居場所を突き止めようと、屋敷から出てしまったのである。

その後、初めて目の前で向き合ったノンノの、儚げな見た目からは想像も出来なかった破廉恥な内面に啞然とし、淡い初恋が無惨に砕け散ると共に、僕はかけがえのない友達を得ることとなった。

ノンノという女の子は、非常に無邪気にいかがわしい存在だった。

愛らしい姿で侍女の腰に抱きついては『おっふ、いい乳！』とローアングルから観察し、憂いを帯びた表情を浮かべて辞書を見ているかと思えば〝性交〟や〝乳房〟の単語に一生懸命アンダーラインを引いている。

ノンノの数学の教科書は、円周率πのページに開き癖がついており。

地図を眺めているかと思えば、王都の花街へ行くルートを調べていたりする。

薔薇園がデートスポットとして人気だと聞けば、そそくさと出掛けて薔薇の茂みに隠れヒューマンウォッチングをし、ドレスをボロボロにして侍女に叱られる。

そんな恐ろしい女の子だった。

ノンノは前世の記憶を持つと思い込んでおり、精神年齢もめちゃくちゃで、倫理観もこの世界の人たちとはまったく違っていた。

「私の異世界転生特典チートはこれよ！」と言いながら破廉恥小説や春画を作り出すくせに、表面上は淑女のマナーを遵守する。もはや怪物であった。

ノンノの傍にいると、呆れるし、ドン引きするし、驚くことばかりで疲れるのに、僕は彼女と友達付き合いをやめようとは思わなかった。

思えるわけがなかった。

『アンタレス、他人の心の声が怖くなったら、私の心の声にひたすら耳を傾けていればいいよ』

初めてノンノがそう言ってくれた時、僕は彼女のその言葉と心がとても嬉しかった。

他人の心の嫌な声ばかり聞いたとしても、ノンノの傍に逃げ込めば、彼女の心の声で耳を塞ぐことが出来る。

逃げ場があると思うだけで、本当に心強かった。

実際、ノンノの心の声は僕を何度も助けてくれた。

読心能力に目覚めてから初めてのガーデンパーティーで、大人たちの悪意に飲み込まれてしまいそうになった時も、ノンノはひたすら僕を守ってくれた。

同年代の令息令嬢の前では、僕の体調を気遣いながらも完璧に社交をこなしてくれたし。

僕やノンノを見て吐き気を催すようなことを考えていた、あの小児性愛障害の使用人からも、すぐに逃がしてくれた。

あの使用人がどんなことを考えていたかは、ノンノには一生教えないけれど。

ノンノの心は、僕にとって、なくてはならない大切な御守りだった。

年齢を重ねるにつれて、ノンノがくれた言葉の重みがよく分かるようになってきた。

心というものは急所だ。

安易に自分の心を他人に晒してしまえば、ズタズタに傷付けられてしまう結果になることが多すぎる。

だから、かつて僕が怯えた大人たちは本当の心を隠し、表面上の優しさや穏やかさを演出するようになったのだろう。

きっと、ノンノだって分かっていたはずだ。心を曝け出すことの恐ろしさを。

彼女には異世界で十八歳まで生きた記憶があり、僕より人生経験がずっと多かったのだから。

それなのにノンノは、心を読んでもいいよ、と平気で言い、本当に僕に心を差し出し続けた。

きみは僕が怖くないの？

読心能力が気持ち悪くないの？

僕がこの能力を悪用して、きみの心をズタズタに壊してしまうかもしれないのに。

自分でも、読心能力を持つ自分のことが気持ち悪くて堪らないのに。

どうして僕のことを簡単に信じてしまうわけ。

もし僕と同じ能力を持つ人間が他にもいたら、僕はそいつのことを気味悪がり、絶対に近寄ったりしない。これは、それほどまでにおぞましい能力だ。

けれどノンノの心からは、僕や読心能力に対する嫌悪感は聞こえてこない。

最初に出会った時に多少の気まずさや羞恥を彼女から感じただけで、友達になってからは、僕のことをどこまでも信頼した。

ノンノは開けっ広げな気持ちを僕に差し出して、ちっとも飾らなかった。

『そのままの心で生きていていいんだよ、アンタレス』

『綺麗な気持ちじゃなくても、正しい気持ちじゃなくてもいいんだよ』

『人前でそこそこの礼儀を尽くせたら、それで大丈夫だから』

ノンノの心が、僕にそう囁く。

他人を怖がってもいいし、嫌ってもいいし、汚い心を持ってもいい。それで相手を傷付けようとさえしなければ。

そんなふうに生きるノンノの傍にいると、僕は僕のままで生きることが許されているような気がして、楽になれた。

僕はノンノに救われていたのだ。

彼女の心が僕の傍にいてくれなかったら、僕はずっと他人の心の声に怯えたまま、畏縮して生きていただろう。

けれど、今はそれほど他人が怖くない。

悪意はもちろん、恐ろしいものだ。

でも他人の心から、それ以外の感情だってちゃんと聞こえてくる。喜びも、悲しみも、苦しみも、人を愛する心も。

理解出来ないと思うような声もあれば、共感出来る心の声もある。たくさんの気持ちが混ざり合って、一人の人間が形成されている。

自分からわざわざ近付こうとは思わないけれど、己の内側に汚濁を抱えて生きているだけの人を、僕は過剰に恐れることもなくなった。

それだけで十分、僕は生きやすくなったのだ。


そして今ではノンノと出会ってから十年の年月が経ち、男爵家の養女だという少女が学園に編入してきた。ノンノの言う『乙女ゲーム』が始まったのだ。

ノンノは僕を『攻略対象者』だと言うが、僕に男爵令嬢を構っている暇はない。

だってノンノが毎日何かしら問題を引き起こすから。

ノンノはいつの間にか〝ピーチパイ・ボインスキー〟などという、どうしてそんなチョイスをしたんだと言いたくなるようなペンネームで作家業を始めた。以前ノンノが『異世界転生特典チート』だとか言いながら書いていた、破廉恥小説だ。

彼女はそのネタ探しに奔走したり、自分の評価を知りたがってファンの集いに乗り込んでいったり、「ねぇアンタレス、私、男性の体って前世で父親と一緒にお風呂に入った小学校低学年の記憶までしかないんだよね。あーあー、男性の体が見たいな〜。どこかに全裸を見せてくれる親友がいないかな〜」と僕にチラチラと視線を向けてきたりした。

とっさに彼女の頭を叩いた僕を非難するヤツなど、この世にいないだろう。

問題行動ばかりのノンノだったけれど、僕以外の人からは「繊細でか弱い少女」だと評されているから腹立たしい。

成長したノンノは、ほんの少し力を加えただけで折れてしまいそうな華奢な体で、ヘーゼルナッツ色の大きな瞳は小動物のように潤み、困ったように笑う顔に、庇護欲を掻き立てられる人間が老若男女後を絶たない。

彼女の性格を勘違いして、想いを寄せている男子生徒もいた。

まさか「ノンノの外見に騙されていますよ。彼女はとてつもなく破廉恥な人間です」などと、その男子生徒に忠告するわけにもいかず、僕はノンノに黙って、彼女の身辺を守ったりしている。

そんな僕の行動を誤解した両親が、ジルベスト子爵家に縁談を申し込んでいるのも知っていた。

……けれど、それもそれでいいかなと、この頃は思ったりもしていた。

ノンノの真実を知らない誰かに嫁ぐよりは、僕に嫁いだ方がノンノも自由に過ごせるだろう。

彼女の自由な心が誰かに閉じ込められてしまうのは、親友として見過ごせないからだ。

――などと思っていた僕だけれど、今日の放課後に件の男爵令嬢に出会い、すべては自己欺瞞だったと理解してしまった。

ノンノがヒロインと呼んでいる男爵令嬢のことを、僕は避けてもいなければ積極的に関わろうとも思っていなかった。

ノンノ本人も「プラトニックに興味がないんだよねぇ」と無関心で、そんなことよりも破廉恥なことを考えるのに忙しくしている。

男爵令嬢に対しては、僕とノンノの知らないところで『攻略対象者』の誰かと愛を深めて勝手に幸せになれば良いと思っていた。

そして本日、ノンノを探して放課後の校庭を歩いていると、その男爵令嬢に出会った。

男爵令嬢は木に登ったまま下りられなくなった子猫を見つけて、助けようとしているところだった。

元庶民といえど曲がりなりにも貴族令嬢が、靴を脱ぎ、裸足(はだし)になって木を相手に悪戦苦闘している。制服のスカートの裾(すそ)が乱れることも気にせず、『木登りは苦手だけれど、可愛い猫ちゃんのためなら、やってやれなくもないはずだわ！』と木にしがみつく。

それは、ひどく間抜けな体勢で、とても真剣な表情で、ちっとも木に登れていなくて。

でも、どこまでも真っ直ぐな心根で。

――恐ろしいと、僕は思った。

男爵令嬢はノンノの言う通り、とても美しい心をしていた。

どんな理不尽な目に遭(あ)っても他人を憎んだりせず、羨(うらや)んだり妬(ねた)んだりせず。真面目(まじめ)に、がむしゃらに足を進め、例え失敗して泣いたとしても不貞腐(ふてくさ)れず、前向きに頑張る心を持っていた。

それは、神様だとか天使だとか精霊だとか、聖なる存在だけが持っているであろう、真っ白に光り輝く心だ。

ただの人間がそんな心を持つだなんて、ありえない。

僕は男爵令嬢が恐ろしくて恐ろしくて堪(たま)らなかった。

ノンノは言っていた。

攻略対象者の一人であるアンタレスは読心能力によって他人に怯えるようになり、心に深い傷を抱え、学園で出会ったヒロインの美しい心に癒やされるのだ、と。

――こんな、人間とは別次元の心に癒やされるだなんて、ゲームの僕はよほど心が衰弱していたらしい。

現在の僕が知っている人間の心というものは、悪意も善意も混じり合い、薄汚れ、けれど鈍(にぶ)く輝いている。それは僕の中にだってある。

この男爵令嬢は、こんな光そのものの心を抱えて、不条理に満ちた世界を生きていかなければならないのか。

まるで、神様が間違えて下界に生まれてきてしまったような、そんな痛ましさを彼女に感じた。

僕は男爵令嬢に同情の念を抱き、彼女の代わりに子猫を助けた。

男爵令嬢は僕に何度もお礼を言って、心からの笑顔を浮かべた。

この子、本当にこんな綺麗な心でこれから先を生きていけるのだろうかと、苦い心配だけが僕の中に残った。

そして、僕は同時にこう思った。

僕にはノンノじゃなきゃ駄目だ、と。

薄汚れた心を堂々と僕の前に広げて、信頼しきって笑ってくれるノンノの傍が、僕は一番落ち着く。

ノンノの心が一番好きだと、僕は気が付いてしまった。

たぶん、僕は本当はずっと、ノンノのことが好きだったのだ。

心を読んでいいよと、抱き締めてくれたあの日から、ずっと。


気付いてしまったら、もうどうしようもない。

もはやノンノのいない人生など選べない僕には、彼女に告白することしか考えられず、図書館脇のベンチに座っていたノンノに、想いを告げた。

そして勢いのままに額に口付けて——逃げ帰ってしまったわけだ。

「これから、どうしようかな……」

馬車の中で呟いてみるが、車輪の音に紛(まぎ)れて消えていく。

家に帰ったら両親に相談して、ジルベスト子爵家にもきちんと手紙を出して、と。貴族としての求婚の流れを考えることは出来るけれど。

どうしたらノンノは、僕と恋をしてくれるのだろうか。

ノンノの気持ちを僕に傾ける方法が分からない。

ノンノが僕を友人として好きなのは知っている。

彼女に特別な男がいないことも知っている。

むしろノンノには、僕以上に親しい相手などいない。

かといって、彼女が僕を異性として意識しているわけでもない。

正直、外堀を埋めてしまえば「仕方がないなぁ、アンタレスは」くらいの緩さで、ノンノは僕との結婚を受け入れてくれそうな気もする。

だけれど僕には、この読心能力がある。結婚した後にノンノが別の男に惚れてしまったら、それがハッキリと分かってしまうのだ。地獄だろう。

外堀を埋めるだけでは駄目だ。

ちゃんとノンノが僕のことを異性として好きになってくれないと、僕は結婚後もずっと彼女の心を疑い続けなければならなくなる。

今日も僕の妻でいてくれるだろうか、明日も他の男に心を揺らさないかと、そんなことばかり考えて彼女のことを疑い続けていたら、僕はおかしくなってしまうかもしれない。

「ノンノって、どうやったら僕に恋をしてくれるわけ……？」

ノンノの好み通りの、彼女を半ば無理やり押し倒すような不埒な男になれれば、僕を異性として好きになってくれるだろうか。……そんなこと、紳士として出来るわけがない。

子供の頃からよく知っている相手の、未知なる部分を手探りで追い求める難しさに、僕は再び溜め息を吐いた。

▽

『……好きだよ、ノンノ』

頭の中で何度も、アンタレスの言葉がリフレインされる。

外気に当たって冷えたはずの額には、まだアンタレスの唇の感触が残っているみたいで、こそばゆい。

「実は乙女ゲームの真のヒロインは僕なんだ」と言われても納得してしまいそうな可憐な雰囲気でアンタレスが走り去ってから、もうどれくらいの時間が経っただろうか。

腕時計を確認すれば、長針は二十分くらいしか動いていないのだけれど。気持ちとしては二十時間は経っている気分ですよ。

そのくらい、私は呆然としていた。

だって、あのアンタレスが、私に、好きって言った。

デコチューまでしていった。

信じられない。

そりゃあ、私の外見は儚げ美少女ですけれど。

私の外見に幻想を抱(いだ)いている人がたまにいるのは知っているし、むしろスケベ活動を行うのに都合が良いので、そう演じている部分もあるけれど。

だけれど、アンタレスは違うじゃないですか。

読心能力で、私の内面の『ふはははは!! この健全世界をピーチパイ・ボインスキー様がエロスでピンクに染めてやる!! ひれ伏せムッツリスケベ共(ども)!!』なんていう、荒ぶる野心を知っているじゃないですか。

何を血迷って、こんな私を好きだと言ったの?

もしかして私は、アンタレスを毒してしまったのだろうか?

私が彼の横で四六時中スケベを垂れ流していたから、アンタレスは清らかな心を失ってしまったのかな?

……一瞬そんな考えが浮かんだけれど、真っ赤な顔で走り去っていったアンタレスの、薔薇の花びらでも背景に散りそうな乙女っぷりを思い出し、私は首を横に振る。

私ごときモブが毒せる相手じゃないな。

『つまり僕は、薄汚れたくらいの心の方が、ずっと親しみを感じるようになってしまったってわけ』

アンタレスはそう言っていた。

毒してしまったわけじゃない(と思いたい)けれど、影響を与えなかったわけでもない。

だって私たちは本当に長いこと、一緒に過ごしてきたのだから。

だから、まぁ、アンタレスが私を好きになることもあるのかもしれない。

ゲームとは違う人生を歩んできたのだから、アンタレスがヒロイン以外の相手に恋をしても不思議はないのだ。

ただ単純に、なぜ私？　という気持ちはあるけれど。

いつからそんなことに？　という疑問もあるけれど。

ぐるぐるぐるぐると、アンタレス本人に尋ねなければまったく答えの出ないことばかり考えてしまう私の頭とは別に、心臓はバクバクと動悸を打ち、体は発熱したように火照り、ベンチから一歩も動けない。

そう。ベンチから立ち上がれないことが、目下最大の問題なのである。

アンタレスめ、なぜ放課後になってから告白しに来たのだ……！

せめて昼休みならクラスメートが気付いてくれて、「先生～、ノンノさんが教室にいませーん」って言ってくれたはずなのに。

私は一度も授業をサボったことがない上に無遅刻無欠席の真面目な生徒なので、先生もきっと心配して捜索してくれたはず。

なのに放課後では、誰も私を探しに来てくれないじゃないですか！

放課後の帰宅ラッシュを避けるために、我が家の馬車は迎えに来る時間を遅くしてある。

馬車のラッシュ時刻はとても大変なのだ。

上級貴族の子は優先されて道を空けてもらえるけれど、下級貴族の私は道を空ける側だ。馬車の中でひたすら待機しなければならない。

そんな無駄な時間を過ごすくらいなら、最初から帰宅時間をずらし、学園内の人気（ひとけ）のない教室とか物置部屋とか階段下とか図書館の本棚の間で、いちゃいちゃアンアンやっているカップルがいないか探す方が、ずっっっと有意義なのである。

未（いま）だ発見したことはないけれど。ツチノコなの？

とにかく、迎えの馬車が来るまでに、どうにかして生徒玄関に行かなければ。

そんなふうに焦（あせ）っていた私の視界に、女子生徒らしき人物が遠目に見えた。

思わず両手を振る。

「すみませーん！　そこにいらっしゃるご令嬢、私の声が聞こえますでしょうか!?　少し助けていただきたいのですがー！」

令嬢らしい救助要請ってどんな感じで言えばいいのだろう、と思いつつ、女子生徒に向かって声を張り上げる。

すると、女子生徒から返事が返ってきた。

「はいっ、聞こえます！　大丈夫ですか!?　怪我でもされましたか!?」

丸まったタオルを胸元に抱えた女子生徒が、こちらに向かって走ってくる。

健全世界の制服なのでスカート丈が足首まであるのだけれど、水色チェックのスカートがひらひらと翻って、もう少しでふくらはぎが見えそうになっていた。

思わず、じっくりと見つめてしまう。

助けを求めておいてラッキースケベのチャンスを待ち構える、とても失礼な私である。

「まぁ、大変っ、お顔が真っ赤ですよ!? 吐き気や頭痛はありませんか？」

チラチラと見えそうで見えないふくらはぎを注視している間に、女子生徒は私の前で立ち止まり、すぐに体調を心配してくれた。

完全にスカートで隠れてしまった足元から、私は諦めて視線を上げる。

そこでようやく気が付いた。私が呼んだ相手が——『レモキス』のヒロイン、スピカ・エジャートン男爵令嬢であることに。おっふ。

厳格なことで知られるエジャートン男爵家には、かつて、品行方正な一人息子がいた。

厳しい両親のもとで育てられた彼は、容姿も人柄もたいへん素晴らしく、将来を有望視されていた。

しかし、彼がエジャートン男爵家を継ぐことはなかった。侍女と駆け落ちしてしまったのである。

二人は駆け落ち先でいろいろと苦労をしながらも、小さな家を借りて人並みの暮らしを得ることが出来、さらにその数年後には幸福の証のように愛らしい女の子が生まれた。

そしてその女の子が十六歳になるまでは、裕福ではないながらも平穏に暮らすことが出来た。

けれど不幸というものは、ある日突然訪れるものだ。父親が急病で亡くなり、気落ちした母親もすぐに別の病で亡くなってしまったのだ。

悲しみに暮れる少女のもとに、エジャートン男爵夫妻が訪れた。

実はとっくの昔に一人息子の行方を見つけ出していた男爵夫妻は、息子の家庭を陰ながら見守っていたらしい。

「儂は由緒あるエジャートン男爵家にふさわしい結婚をしてほしいと、息子が庶民と結婚するのに反対してしまった。そのことをずっと悔いている。本当に申し訳なかった。その上、息子たちが病に倒れた際に、間に合うことすら出来なかった。こんなことはなんの贖罪にもならないが……、スピカ、きみを我が男爵家へと迎え入れたい。どうか、きみの今後の生活を守らせておくれ」

そう告げられた少女は祖父母の手を取り、エジャートン男爵家の養女となったのだ。

――というのが、スピカちゃんのゲーム設定である。

そんなスピカちゃんが、私の目の前にいらっしゃる。

可愛らしいピンクブロンドの髪、キラキラの蒼い瞳、お人形のように整った小さなお顔に、ヒロインらしい華奢な体。そして、ふわふわのマシュマロおっぱい。

乙女の願望が詰まった、パーフェクトルックスである。

スピカちゃんは見ず知らずの私に対して、とても心配そうな眼差しを向けた。

「近くの水飲み場で、ハンカチを濡らしてきましょうか？　日陰に移動された方がいいと思います」

「あ、いえ、……熱は大丈夫なので、顔が赤いのは気になさらないでください。実は、腰が抜けて立てなくなってしまったのです。申し訳ないのですが、どなたか力のありそうな男性をお呼びしていただけないでしょうか？」

突然のヒロイン登場にビビってしまったが、どうにか用件を伝えることが出来た。

放課後だけれど、探せばきっと学園の下働きの男性がいるはず。男性教師でもいいし。とにかく私を運べる方を急募です。もちろん報酬は弾(はず)みます。

私の言葉に「よかったです、急病ではないのですね」と、スピカちゃんはホッとしたように微笑んだ。

「分かりました。すぐに誰かを呼んできます。……あの、それで、たいへん申し訳ないのですが」

スピカちゃんは胸元に抱えていたタオルの塊(かたまり)を、私にそっと差し出した。

「子猫、ですね」

「はい」

タオルの中から出てきたのは、ガリガリに痩(や)せて毛並みも悪い子猫だった。

「木に登って下りられなくなっていたところを、保護していただいたのです。これから人を呼んで参りますので、少しの間だけ、この子の様子を見ていていただけませんか？　あ、猫が苦手じゃなければなのですが……」

「私は平気です」

この子猫が、アンタレスが手伝って助けたという子猫なのだろう。

スピカちゃんが私のために一走りしてくれるというのに、子猫を連れ回すわけにはいかない。

「承知いたしました。猫ちゃんをお預かりいたしますね」

「よろしくお願いします。では行って参りますね。すぐに戻りますからっ！」

スピカちゃんはそう言うと、校舎の方へと走っていった。

「……まさかヒロインに助けてもらえるなんてねぇ。今日は発禁の通達に、アンタレスからの告白に、ヒロインと遭遇なんて……。いろんなことが起こりすぎじゃない？」

私の独り言に、子猫がにゃあーんと答えた。


子猫のノミがすごかったので、毛の間を掻き分けてノミ取りをしていると。ゴロゴロと不可思議な音がしてくる。子猫が喉（のど）を鳴らす音ではまったくない。

なんの音だろうと目をこらすと、遠くの方から園芸作業用の一輪車を押すスピカちゃんの姿が見えてきた。

「どうしたのですか、その一輪車は？」

私のもとまでやってきたスピカちゃんが、「実は」とちょっと困ったように微笑む。

「この近くにいたのが、ご高齢の庭師の方で……。校舎の中まで力のありそうな方を探しに行くよりも、私がお嬢様を運んだほうが早いと気付いたんです。それで庭師の方に、一輪車をお借りしてきましたっ！」

え、すごいっ。さすがはヒロインだ。

こういう明るい考え方で、攻略対象者の心を摑んでいくのね。

私はスピカちゃんにお礼を言った。

「まぁ、ありがとうございます！　本当に助かりますわ。私が重くて運べないようでしたら、すぐにおっしゃってくださいね」

「大丈夫ですよ。庶民の頃は小麦の大きな袋を運んだりしていましたから。お嬢様はとても華奢でいらっしゃいますし」

お嬢様と呼ばれたことで気が付いた。私ったら、まだスピカちゃんに自己紹介もしていなかったわ。

「たいへん失礼いたしました。まだ名乗っておりませんでしたわね。私、二学年のノンノ・ジルベストと申します」

「わわっ、こちらこそ。スピカ・エジャートンと申します！　私も同じ二学年で、この春に編入いたしましたっ。よろしくお願いいたします」

「こちらこそ、どうぞよろしくお願いいたします、エジャートン様」

「スピカで構いません」

「私のこともどうぞ、ノンノとお呼びくださいませ、スピカ様」

『ノーハレンチ、ノーライフ』略してノンノよ。これからよろしくね☆

「はい、ノンノ様っ」

にっこりと花のような笑顔を向けてくれるスピカちゃんに、こっちまで嬉しくなってしまう。

「では、ノンノ様をお運びする準備をいたしますねっ」

スピカちゃんは土汚れの残る一輪車の荷台の底に、なんと制服のジャケットを敷いてくれた。ちなみにジャケットの色は白である。

うわぁぁぁ！　これはさすがに申し訳なさすぎる！

「そんな、ご迷惑をお掛けしているのに、スピカ様の制服まで汚させるわけには……！」

「構いませんよ。私、お洗濯は得意ですからっ。それに、とってもありがたいことに、お祖父(じい)様が制服を何着も用意してくださったので、すぐに乾かなくても平気なんです！」

「私も自宅に制服の替えがありますから！　私の制服こそ汚しましょう!?」

「そんなわけにはいきませんっ。ノンノ様のように愛らしい方の制服を汚してしまったら、私の胸が痛みますもの。さぁ、少し失礼いたしますね！」

抵抗も虚(むな)しく、スピカちゃんに脇の下に腕を通すように抱えられて、制服のジャケットが敷かれた一輪車に乗せられてしまった。ああぁぁぁ……。

お礼に何をお返しすればいいんだろう、ヒロインにここまで迷惑を掛けてしまって……。

ピーチパイ・ボインスキーの著書全冊サイン入りでもあげればいいのだろうか？

ファンならすごく喜んでくれるプレミアものだけれど、スピカちゃんは興味ないだろうしなぁ。

「ノンノ様、揺らさないように出来るだけゆっくりと進みますけれど、気分が悪くなったらすぐにおっしゃってくださいね」

「何から何まで、本当に申し訳ありませんわ、スピカ様……」

「ふふふ。気になさらないでくださいっ。こういう時はお互い様ですから！」

私は子猫を抱え、スピカちゃんは私を乗せた一輪車を危なげなく押していく。

校舎に辿り着くと、ちょうど我が家の御者が、馬車の待機場に現れない私を心配して探しに来てくれたところだった。

私は一輪車から馬車へと運ばれ、見送ってくれるスピカちゃんと子猫に手を振った。

アンタレスはスピカちゃんのことを『神様みたい』と言っていたが、本当にその通りの子だったなぁ。

あんなに心優しくて親切な女の子、なかなかいないよ。

女神様なスピカちゃんではなく私を選ぶなんて、アンタレスは単純に女性の趣味がよろしくないのではなかろうか？

うっかりアンタレスの告白を思い出して、熱がぶり返しそうになり、私は頭をふるふると横に振った。

深く考えたら、きっと命が危ない。

私は代わりに、締め切り間近の小説のことを考えながら、帰路についた。

▽

また新しい一日が始まってしまった。

朝の爽やかな日差しと涼しい風に似合わぬ暗い溜め息を、私は吐いた。

「はぁー……」

前方には、登校する生徒たちが吸い込まれていくように入っていく校舎が見える。

シトラス王国王立貴族学園は、その名の通り、やんごとない階級の令息令嬢が通う学校だ。

そのため無駄に豪華で、付属の施設や設備も充実している。

たまに一晩で校庭に競技場が出来たり、地下迷宮が出現したり、廊下に飾られた鏡が『鏡の世界』へ繋がったりするけれど、その辺りは全部、ゲーム強制力のせいだろう。

とりあえず今日の学園には、目新しい異変はなかった。

私は昨夜遅くまで執筆活動をしていた。

何も考えたくなくて、創作の世界に逃げたのだ。

けれど、原稿は思うように進まなかった。

大得意のはずの破廉恥シーンが、どうしてもうまく書けなかったのだ。このままラッキースケベを一つも挿入出来なければ、ただの純愛小説になってしまうというのに……。

筆が乗らない原因はどう考えてもアンタレスからの告白なのだけれど。……まだ、あまり直視したくない。平常心ではいられないから。

私はとぼとぼとした足取りで、生徒玄関へと向かった。


「おはよう、ノンノ」

「おっふぅ……」

生徒玄関を過ぎると、アンタレスが人通りの少ない廊下の隅に寄り掛かって、私を待っていた。

その姿はＴＨＥ攻略対象者といった感じの麗しさで、窓から差し込む陽の光がもはや後光のようであった。ただ立っているだけなのに脚の長さが際立ち、モデルの撮影でもしているみたいだ。

アンタレスの淡い金髪が輝き、美しいエメラルドの瞳は逸らされることなく私に注がれている。

「お、はよ……」

いつもの調子で朝の挨拶を返したかったのに、なぜか妙に声が小さくなってしまう。

私の方が堪えきれずに、アンタレスから視線を逸らしてしまった。

なんか、アンタレスに見つめられるのが、めちゃくちゃ恥ずかしい。

今すぐ叫んで逃げ出してしまいたい衝動を、『それはさすがに人として失礼だろ』という理性で、ギリギリ押し止めている。

なんでだ。なんで告白された私の方が、こんなに気まずい気持ちになっているんだ……。

私が床板の木目をじーっと観察している間に、アンタレスは壁際から移動して私の前に立っていた。

木目からアンタレスの内履き(うちば)へ無心に視線を注ぐ私に、彼は困惑した声を出す。

「なんでノンノの方が、そんなに照れているわけ?」

「……分かんない」

「告白したのは僕だし、口付けをしたのも僕からなんだけれど」

「そうなんだけれどぉ」

私だってどうせなら、百戦錬磨のセクシークイーンみたいに「いい男はみ〜んな、私のアクセサリーよ♡」って、強気なスタンスになってみたいものですよ。

男の人を手のひらの上で転がして、ほくそ笑んでみたいんですよ。

でも実際は、幼馴染からの告白にキョドっているだけのビビりです。

アンタレスが突然「ぶはっ……!」と噴き出した。

思わず顔を上げると、アンタレスは真っ赤な顔をして、見たこともないくらい甘くとろけた笑みを浮かべていた。

「なっ、なに、その顔ぉ……!」

「だって、ノンノがあんまりに予想外の反応をするから、可愛くて……! 可愛くて、……どうしよう」

アンタレスが、本当に楽しそうに笑う。

なんなんですか⁉

そんな優しい笑顔、見ているこっちの方が恥ずかしくて居た堪れなくなっちゃうんですけれど⁉

こんなに上機嫌のアンタレスの方が、私にはよっぽど予想外なんですけれど⁉

……ううぅ、昨日の今日で『可愛い』とか言われても、どう反応したらいいの？

私が儚げ美少女なのは自他共に認める事実だし、アンタレスからも『ノンノは顔だけは可愛いんだから……』と（主に呆れたように）言われることは、過去に何度もあった。

なのにどうして、今の言葉には、こんなに火を噴きそうなほど恥ずかしく感じるの？

「ノンノ、本当に可愛い」

この男、また言った……！

追い打ちをかけるとは、鬼畜の所業……！

戸惑いすぎて、もはや半泣きになっている私へ、アンタレスは片手を差し出した。

「話があるから、もう少し人気のないところへ行こう」

「……え？　人気のないところ？」

昨日までの私なら、アンタレスと二人っきりになっても、別に何も身構えなかった。

でもアンタレス、私に告白したじゃん。それって私に劣情を持っているってことじゃん。

私を好きだと言う男性と二人っきりになるなんて、破廉恥じゃないかしら？

人気のないところでアンタレスが急に、『ノンノ、愛してる！』とか盛り上がって押し倒してきたら、どうしたらいいんだろう？

私、儚げな外見通りに腕力がないから、抵抗出来る気がしない。

このままでは私、アンタレスにあんなことや、そんなことをされちゃうのかなぁ……？

えぇぇ!?　まだ私、そんな覚悟なんて、全然……！

そういえば今日の私の下着って、どんなやつだっけ？　確か……。

「おい、ちょっと待って!!　ノンノやめて!!　考えないで!!」

アンタレスが真っ赤な顔で慌てふためくが、私は思い出してしまう。

今日の下着は――スッケスケの赤であることを。

「え、……赤？」

アンタレスは呆然と呟き、私のささやかな胸の辺りから下腹部へと、ゆっくりと視線を下げた。

彼はそのまま黙り込み、じわじわと頬の赤みを濃くしていく。

私はバッと自分の体を守るように抱き締めた。

アンタレス、貴様っ、私の制服の下を想像しただろう!?　なんてムッツリなんだ!!

……いや待って、本当に待って。なにこれ、めちゃくちゃ恥ずかしい。泣きたい……！

「ご、ごめん、ノンノ」

気まずそうに謝ってくるアンタレスに、私も目元に滲んだ涙を拭う。

「……いや、私も『うっふ～ん♡　私の下着を想像するなんてイケナイ子ね♡』ってノリで流せなくて、ごめんね。今日の私、どうかしているみたい」

「そのノリもどうなの」

スケベな私はどこに行ったんだ。お色気お姉さんの夢を諦めるつもりなのか、私。

そもそも私がセクシー下着を愛用しているのは、お色気お姉さんになる夢を諦められないからではないか。

前世の私は、破廉恥な小道具類にも憧れていた。そう、黒とか赤とか紫とか総レースとかの、セクシー系下着だ。

今思えばこれは非常に甘ったれた言い訳なのだが、当時の私は親元で暮らし、親から貰ったお金で下着を買い、母親に洗濯をしてもらっていたので、セクシー下着が欲しくても清純系下着に逃げていた。清純系ももちろん可愛いのだが。

いつか自分でお金を稼ぐようになったら、独り暮らしをするようになったら、好きなだけセクシー下着を買おう。

そう思い続けて――高校卒業と同時に死んでしまったのだ。

そんな激しい後悔を抱えて転生したので、吹っ切れた今の私はかなり立派なセクシー下着コレクターである。ブラとか紐パンとかも簡単に手に入る乙女ゲーム世界で、私はとても幸せです。

いつも私の下着を洗濯してくれる侍女に感謝の念を送っていると、アンタレスが「コホンッ」と仕切り直すように咳払いをした。

「と、とにかく、ノンノに変なことはしないから……。場所を移そう」

「……うん」

私は恐る恐る、アンタレスの手を取った。

人気のない場所に移動すると、アンタレスは私に向かい合った。

「あのね、ノンノ。再来週の休日は、ジルベスト子爵夫妻にきみへの求婚の許可を貰いに行くから、ちゃんと屋敷にいるように」

「はい？」

「昨日のうちに訪問の手紙は出したから」

「あのぅ……、求婚って、展開が早くないですかね、アンタレス君や……？」

びっくりして尋ねれば、アンタレスは首を傾ける。

実は私とアンタレスの身長差は結構激しい。

私は儚げな顔面に体の方まで合わせてしまったのか、身長は百六十センチに届かなかった。

前世日本的にはごく普通の身長なのだが、ここは見目麗しい登場人物たちが君臨する西洋風乙女ゲームの世界。全体的にスタイルの良い人が多いのだ。

アンタレスは当たり前のように百八十五センチもあるので、話していると、どうしてもお互い首に負担がある体勢になる時がある。

アンタレスは首を下げたまま答えた。

「早くないと思うよ。かなり前から僕の両親が、ジルベスト子爵家に婚約を申し出ていたから」

「嘘でしょ？」

あれか。父が『ノンノにはすでに縁談が来ているから、慌てなくても良いよ』とか言っていたやつか。

私の心の声に、アンタレスは頷いた。

「昨日までは、両親が言うがままにノンノと結婚するのもありかな、と思っていたんだ」

「実に緩いですね」

「うん。どうせ、他の人間と結婚するのは怖いし。ノンノだったら怖くないし。ノンノも僕のことを理解してくれてるから。きみも僕となら、執筆活動とか自由に出来て良いんじゃないかなって思っていたんだ」

「たぶん、そういう流れだったら、私も『いいよいいよ、全然オッケー』って適当に頷いて、アンタレスと婚約したと思う……」

「そうだと思ってた」

アンタレスは楽しそうに目を細めた。

「だけれど僕はもう、そんな安直な気持ちでノンノと結婚したくない」

私の目の前で、アンタレスがゆっくりと跪く。まるで王子様か騎士のようだ。

「僕はきみに対しては結構欲張りだったみたいだ。ノンノ、僕はきみから異性として愛されたい」

ひょえぇぇぇ!?

「一体いつから、そんなことに……？」

「昨日、自分の気持ちに気付いたんだ」

「あ、めちゃくちゃ最近なんですねー……」

「気付いたのは昨日だけれど、たぶん僕は六歳の頃から、無自覚にきみを愛していたと思う。僕のただ唯一の女性として」

「そう、なんですか……」

恥ずかしすぎて何を言えばいいのか分からない私の手を、アンタレスが取る。

そしてそのまま、アンタレスは私の手の甲に唇を押し付けた。

「へっ、変なことはしないって、おっしゃいましたよねっ、バギンズ伯爵令息様!?」

「手の甲へのキスは、別に変なことじゃないでしょ」

アンタレスは照れたように唇を尖らせつつ、立ち上がる。そして私を見下ろして言った。

「とにかく、異性としてもっと意識してもらえるよう僕も頑張るから……、ノンノもちゃんと僕を男として愛してよね」

愛してよねって、すごい要求を突き付けてくるじゃないですか、アンタレス。

さすがは攻略対象者。恋愛ポテンシャルが高すぎるでしょ⁇

私はさっきからずっと、アンタレスからの告白に頭が茹だりそうだったのだが、ついに耐えきれず、その場にしゃがみ込んでしまった。

「ちょっとノンノ⁉　急にどうしたの⁉」

「急にどうしたのは、こっちのセリフだ……っ‼　アンタレスのせいで、足に力が入らなくなっちゃったんですよぉぉぉ‼」

「え？　大丈夫、ノンノ？」

「ちゃんと責任取って‼」

「うん。ちゃんと責任を取って、ノンノをお嫁に貰うけれど」

「そっちじゃない‼　『私を運んで』って意味ですぅぅぅ‼」

「分かってて言っただけだよ」

「すかさず口説(くど)いてくるのはやめてくださいませんか⁉」

私を追い詰めるアンタレスは、ひたすら絶好調だった。なんとこの後、本当に責任を取って、お姫様抱っこで教室まで運んでくれたのである。

アンタレスは私の背中と膝裏(ひざうら)に腕を回し、私のことを簡単に持ち上げた。

わー、すごい！　アンタレスって、力持ちだねぇ。

「まぁ、ノンノくらいの重さならね。でも、ちょっとバランスが悪いから、僕の首に両腕を回してくれる？」

「そんなことをしたら、私のささやかなおっぱいが、アンタレスに当たっちゃったりしない？　破廉恥なことになっちゃったりしない？」

「…………」

「せめて『自意識過剰だよ』とか言って呆れてよ、アンタレス!?　沈黙されると、私、余計にどうしたらいいのか、分からないんですけれど!?」

「……ごめん。ノンノの自意識過剰ではまったくないなと、思ってしまったから……」

「うわぁぁぁぁ!!」

イケメンにお姫様抱っこでベッドに運ばれて『いや〜ん♡』な展開になる夢を見続けてきたというのに。お姫様抱っこの時点で、とってもえっちなんですけれど!?

性的に私を狙っているアンタレスの腕の中、という物凄い状況のまま、教室に辿り着く。

冷静さをかなり失っていたけれど、教室じゃなくて保健室に運んでもらえば良かったかもしれない。

いくら幼馴染とはいえ、子爵令嬢が伯爵令息にお姫様抱っこされているのをクラスメートたちに目撃されるのは、ちょっとマズいかも……？

だが、アンタレスは特に焦った様子もなく、私の教室に入った。

そして朝礼を待つクラスメートたちも特に騒ぐことはなく、「大丈夫ですか、ノンノ様？　貧血かしらね？」と、普通に体調を心配された。

心配してもらえてとってもありがたいのですが。なんかもっとこう、違う反応はないんですかね？

ヒューヒュー、お熱いねぇ、とか。

実は二人は付き合っているのー？　とか。

「では、ノンノ嬢のことをよろしくお願いいたします」

アンタレスは私を席まで運ぶと、周囲のクラスメートにそう告げて、自分の教室へと去っていった。

あいつ、すでに私の彼氏面(づら)をしてないか？

後でアンタレスから聞いたことだが、この時私たちは『ノンノ様とアンタレス様は今日もいつも通り仲がよろしいのね』と、クラス中から思われていたらしい。

あいつ、知らないうちに、私の彼氏だと周囲から認知されてない？

いつからそんなふうに誤解されていたのかさっぱり分からず、私はポカンとした。

第三章　初デート

Chapter 3

「そういえば、ノンノが好きな舞台女優が出演する新作のチケット、取れたよ」

アンタレスとの距離感を測りかねて疲労困憊中の私に、当の本人は澄まし顔でチケットを差し出してきた。

「デートをしよう、ノンノ」

「いや、これ、前から二人で観に行く予定だった舞台じゃん？　チケットを取ってくれたのはありがとうだけれど、要はいつも通りのお出掛けでしょう？」

「今後、僕たちのお出掛けは『デート』に名称を変えていくことにしたから。幼馴染の関係から変化するためには、そういうところからノンノの意識改革を促すことが必要だと思うんだ」

親兄弟よりもお出掛け回数の多い幼馴染と、今さら『デート』と言われましても……。

イチャイチャカップルを見学するために王都中のデートスポットを巡りまくったし、ちょっとした買い物ですら一緒に街へ行くし、趣味のヒューマンウォッチングのためにカフェで数時間張り込みするのにも付き合ってくれるアンタレスと、今さらどうやって『デート』が実現出来るのだろうか？

いつもと同じ雰囲気のお出掛けにならない？

私の疑問を読んだアンタレスが、口を開く。

「ノンノに意識してもらえるよう、僕もいろいろ考えておくから。とにかくデートをしてみよう」

「でも、今までずっと一緒が当たり前だったからなぁ。気持ちに変化があるかなぁ……？」

私はずっと首を傾げていたが、アンタレスの決意は固かった。

そういうわけで、私たちは出会って十年目にして、『初デート』というものに挑戦することになった。

▽

初デート。

前世では一度も経験したことのない、男女の色事への第一歩である。

何が起きるのかはまったく分からないけれど、私は用心のために、セクシー下着コレクションの中から、お気に入りすぎて未使用だった黒の総レース下着を取り出した。

これでアンタレスとうっかりラブハプニングが起きても、大丈夫なはず。お色気お姉さんはどんな細部にも手を抜かないのであります。

……いや、でも、本当にアンタレスとラブハプニングが起きちゃったら、どうすればいいのかなあ……。

そりゃあ、アンタレスのことは嫌いじゃないけれど‼

でも、まったく考えたことがなかった相手だし……っ‼

全然シミュレーション出来ないよ⁉

「ノンノお嬢様、下着よりもドレスをお選びください。どうせコルセットですから」

幼少期から私のお世話を担当してくれている侍女(じじょ)のセレスティが、横から私に話しかけた。

けれどミニスカートさえ存在しない健全王国のドレスなんて、興味がないんだよ！

今日のデートでアンタレスとどんなことが起こっちゃうのか想像して、頭が沸騰(ふっとう)しそうな今は特に！

「セレスティが選んでちょうだい！」

「またですか、ノンノお嬢様。仕方がありませんね。承知いたしました」

セレスティはいつものように、露出のろの字もない清楚(せいそ)系ドレスを私に着せた。

そして、どんなに濃いメイクをしてもナチュラルな感じにしかならない私の薄幸(はっこう)美少女顔に化粧を施(ほどこ)し、ヘーゼルナッツ色の髪をヘアブラシで整えると、最後に香水を振りかけてくれる。

「これでいつも通り、妖精のようになりましたよ、ノンノお嬢様」

「ありがとう、セレスティ」

私がなりたいのはお色気お姉さんなのだが、なれないのだからどうしようもないのである。

玄関先に向かうと、すでにバギンズ伯爵家の馬車が到着しており、アンタレスが私を待っていた。

使用人たちが見守っている手前、私たちは紳士淑女の仮面をしっかりと被って微笑み合う。

「ごきげんよう、ノンノ嬢。本日の装いもお美しいですね。よくお似合いです」

「ごきげんよう、ノンノ嬢。アンタレス様も素敵ですわ」

アンタレスは落ち着いた色合いのジャケットとスラックスを着用していた。

襟や裾に施された刺繍の模様が華やかで、カフスボタンには上質なエメラルドが輝き、実に貴公子らしい装いだ。

ここまではいつも通りの私たちだと思う。

ここからどうやって、新しい関係に変わっていけばいいのだろう?

「ノンノ嬢、お手をどうぞ」

「はい」

エスコートのために差し出されたアンタレスの手に、いつものように自分の手を重ねると。

アンタレスの長い指先がするりと動いて、私の指の股へと入り込んだ。

しっかりと絡められた手は、恋人繋ぎをしていた。

「ふぇえええっ!?」

「では劇場へ向かいましょう、ノンノ嬢」

「ちょっ⁉　なっ⁉　えっ⁉　アンタレス様っ⁉　これぇ……‼」

なんてえっちな手の繋ぎ方をしてくれちゃってるんですかっ、アンタレス様っ⁉

これ、私の手とアンタレスの手が、めちゃめちゃイチャイチャしているよ⁉　もはや重大事件だよっ⁉

大混乱しながら、私はアンタレスを見上げる。

アンタレスは懸命に澄まし顔を取り繕っていたが、その両耳が真っ赤になっていた。

自分でも照れまくってるくせに、無茶しやがってアンタレス……！

「……無茶くらいするよ」

ぼそっとアンタレスが呟いた。

「僕はノンノ好みの色男ではないし、今まで異性として意識されてなかったから。ここからきみの恋愛感情を勝ち得るためには、自分の羞恥など二の次だよ」

「アンタレス、覚悟が決まってるじゃん……」

「それに……」

アンタレスは熱っぽい瞳で私を見つめた。

「僕のせいで恥ずかしがっているノンノが、すごく可愛い」

こ、こいつ、この状況を楽しんでいやがるぞ……‼

乙女ゲームの攻略対象者はこれだから、もぉぉおっ‼

「ノンノだって僕と恋人繋ぎをするの、全然嫌じゃないくせに」

「…………」

私は黙り込んだまま、馬車へと乗り込んだ。

けれど心のすべてをアンタレスに読まれているので、なんの抵抗にもならないのだった。


貴族街にある大劇場は、外壁に彫り込まれた彫刻や、ずらりと並ぶ荘厳なデザインの柱が目を引く。建物の外観を見学するだけでもとても楽しい場所だ。

そのため、舞台のチケットが取れた観客だけでなく、せめて豪華なエントランスだけでも一目見たいという観光客も多く訪れる。

大劇場には過去の舞台衣装や、女優さんたちの肖像画などを展示している資料館も併設されているので、本日もたくさんの人で賑わっていた。

アンタレスは人の多いところが嫌いなので、普段は私が率先して受付を済ませるのだが、今日ばかりはそうもいかない。

恋人繋ぎというえっちなことで、私の頭はいっぱいだった。

代わりにアンタレスが受付を済ませ、観客席へと私をエスコートしてくれる。

「アンタレス、人混み大丈夫だった？」

「いま劇場内で心の声が一番騒がしいのはノンノだから、大丈夫だったよ」

「そっかぁ。それはどう考えても、アンタレスのせいですねぇ……」

金ピカで豪華絢爛な回廊を通り、石造りの階段を上って、予約していたボックス席に入る。

赤い壁紙や赤い天鵞絨張りの椅子、そして金の装飾が施されたバルコニー状のその席は、アンタレスと観劇する時によく使っている。お馴染みの場所のはずだった。

それなのに今日はどうしてか、ボックス席が狭く感じられる。

「もしかして、ボックス席が縮んだ……？」

「そんなわけないでしょ。いつもと同じだよ。ほらノンノ、椅子に座って」

アンタレスに促されて、ふかふかの椅子に座ると、確かにいつもと変わらない劇場の様子が見えた。

けれどアンタレスが隣の椅子に腰掛けて、再び私の手を握ると、急にボックス席が狭くなったような感じがしてくる。

「やっぱりボックス席が縮んだ気がするよ、アンタレス!?」

私が半泣きで言うと、アンタレスは「ぶはっ」と笑った。

「ノンノの意識が全部僕に向いているせいじゃない？　遠くの方に意識が向かないから、狭く感じるんだ。……僕も。今、ノンノと世界で二人きりみたいな気分だよ。こんなにたくさんの人が劇場にいるのにさ」

隙あらば口説いてくるアンタレスが恐ろしい。

一緒に成長したはずなのに、アンタレスだけ、どこでそんな恋愛上級テクニックを手に入れたんですか？　私も恋愛上手な女子になりたいです。

「ノンノのせいだよ」

アンタレスはそう言って、柔らかく微笑んだ。

——そして舞台が始まったのだが。

せっかくの推し女優さんの新作舞台だというのに、まったく頭に入らない。

私の推し女優さんはおっぱいが大きくて、ウェストがキュッと細い、勝ち気そうな美女だ。私の理想が服を着ているというレベルのお色気お姉さんである。

いつもならば私は今頃、オペラグラスで推し女優さんの麗しさをうっとりと堪能していたはずだ。舞台の内容？　どうせプラトニックな純愛ものしか上演されないので、内容はなんでもいいですね。

けれど今はアンタレスに恋人繋ぎを続行されているせいで、推し女優さんよりもアンタレスに意識が向いてしまう。

アンタレスの手って、こんなに大きかったっけ？　指もこんなに長かったっけ？

小さい頃から数えきれないくらいにアンタレスと手を繋いできたせいで、あまり意識したことがなかった。

というか、もはや私の体の一部であるかのように思ってしまっていた。

いつの間にかアンタレスの手がすっかり青年のものになっていた事実を突き付けられ、むずがゆい気持ちになる。

いやいやいや、動揺するな私。

恋人繋ぎなんて、指をちょっとガッツリ絡めてるだけじゃん？　こんなの、そんなにえっちなことじゃないって。

アンタレスも成長したけれど、私だって大人のセクシーノンノ様に成長している途中なんだし、恋人繋ぎくらい全然大したことな……おい！　やめろ、アンタレス！　指の間をスリスリ擦らないでぇぇぇ!!　アンタレスの手付きがとってもえっちだよ、うわぁぁぁん!!

耐えきれず隣を見れば、アンタレスがこちらに顔を向けて笑っていた。

劇場の薄暗がりの中、舞台上から零れる明かりに照らし出されて、アンタレスのエメラルドの瞳が甘くとろけている。

アンタレスから醸し出される甘い雰囲気に飲まれて、私の脈がバクバクと速くなる。

まるで全力疾走しているみたいで胸が苦しい。

どうしたらこの酸素の薄さから逃れられるのか分からなくて、泣きだしそうになる。

「ノンノ、またこの舞台を観に来ようか」

私の耳元に顔を寄せて、アンタレスが囁いた。

「僕もノンノも、舞台にまったく集中出来なかったからね」

いや、アンタレスのせいなんですけれど⁉

次回もこんなにえっちなことをされて舞台に集中出来なかったら、どうしたらいいんですかね⁉


ヘトヘトになって劇場から出る。

大劇場のエントランスから外に出たものの、馬車止めに向かう歩道が、これから食事に行こうとする観客や帰宅しようとする人たちでごった返していた。この人混みを抜けてバギンズ伯爵家の馬車まで戻るのは、非常に大変そうだ。

しかも迷子が出たらしく、子供を心配しておろおろとしているご家族と、それを宥める支配人、大劇場の中と外を慌ただしく行き来する従業員たちの姿まで見える。

入場時よりも混雑している道へアンタレスを連れていくのは、とても忍びなかった。

「アンタレス、帰宅時間をずらそうか？　馬車で待ってくれている御者さんには申し訳ないけれど」

「そうだね、ノンノ。そこの公園で少し休もうか」

大劇場の周辺には、緑の多い公園が隣接している。

公園には散歩にぴったりの遊歩道や、水鳥がたくさん棲んでいる大きな池があり、ウッドデッキのあるカフェなども併設されているので、観劇のついでに立ち寄る人も多い。

アンタレスと共に公園に入ると、すでに時刻は夕暮れ時で、少し肌寒かった。一応ショールを羽織っているが、公園は木々が多い分、気温が一段下がる。

「ノンノ、僕の上着を着て」

私の心を読んだアンタレスが上着を脱ぎ、私の肩に掛けてくれた。

「ありがとう、アンタレス！　持つべきものは読心能力持ちの友達だね！」

「ノンノはよく風邪をひくからね。それと……」

ありがたく、アンタレスのジャケットに袖を通していると、

「僕はもう友達じゃなくて、ノンノの求婚者でしょ？」

アンタレスは、私の言葉を訂正するだけでこちらの精神を動揺させるという、恐ろしい攻撃を仕掛けてきた。

途端に、アンタレスのジャケットを借りるという、いつも通りの行為が、無性に照れくさくなってくる。

改めて考えてみると……。アンタレスのジャケットにはまだ温もりが残っていて、アンタレスがいつも使っている香水の匂いがして、サイズも大きくて……。

「なんだか、アンタレスと一つになっちゃったような気がして、恥ずかしいよぉ……」

「その言い方は僕も恥ずかしいから、やめて……！」

口説かれまくって照れているのはこっちなのに、なんでアンタレスまで照れてるんだ!?

ならばアンタレスも道連れにして、私と同じ羞恥の地獄に沈めてやるぞ!?

「……もういいから。とにかく休憩出来るところへ行こう」

『『休憩出来るところ』!?　それ、前世ではすごくえっちなセリフだよ、アンタレス!?　少女漫画で読んだもん!!』

「公園内の!!　カフェだよ!!!」

アンタレスの足は最初、迷いなくカフェの方へ進んでいた。

だが急に方向転換した。

「ごめん、ノンノ！　走るよ！」

「え？　急に何事っ!?」

「池の奥の方から、助けを呼ぶ心の声が聞こえるんだ！　たぶん子供が溺れてるみたいだ！」

「緊急事態じゃん!!」

ヒールの私と一緒だと足手まといなので、アンタレスを先に行かせる。

全力疾走していくアンタレスの姿はすぐに見えなくなり、『やっぱりアンタレスも男の人なんだな……』と、私は一瞬呆けたような気持ちになった。

しかし緊急事態に浮ついた気持ちでいるわけにはいかない。私もドレスの裾を持ち上げて、アンタレスの後を追いかけた。

私が到着した時には、アンタレスはすでに池の中に入っていた。

そして迷いなく水中に潜り、ぐったりとした様子の幼い男の子を救出した。

「駄目だ、この子、呼吸をしていない……！」

「こういう時こそ、前世で保健体育の成績がずっと最高評価だった私の出番だ！」

保健体育の楽しみといえば二次性徴に関するえっちなページだが、教科書全体の割合で考えるとほんのちょっぴりしかない。健康促進についてとか、生活習慣病の予防とか、応急手当てに関するページの方が多いのだ。

私は保健体育の教科書の隅から隅までえっちなものを探し続けたので、今でもばっちり心臓マッサージのやり方を覚えていた。

私は男の子の濡れたシャツの前を開け、胸部に手を当てて心臓マッサージを繰り返した。

とにかくリズムの速さが肝心で、強く圧迫しすぎると胸部の骨が折れるから気を付けなさいと言っていた保健体育の先生の教えを思い出しながら。

しばらくすると男の子は息を吹き返し、「ゴホッ、ゴホッ！」と池の水を吐き始めた。

男の子はそのまま、「おかっ……、おかあさまは……？」と泣き始める。

あぁ、良かった！

男の子が会話出来る状態になったことに、まずは一安心する。

やり方を覚えているといっても、心臓マッサージを実践（じっせん）するのは初めてだったから、すごく緊張したぁ……。

「すごいよ、ノンノ。よく頑張ったね」

「アンタレスこそ、溺れている男の子をすぐに水中から見つけ出せて、本当にすごかったよ！」

「あ。今ちょうど公園内から、巡回中の衛兵の心の声が聞こえてくる。僕、助けを呼んでくるよ」

「うん、分かった」

アンタレスはずぶ濡れのシャツのまま、衛兵を呼びにまた走り出した。

私は冷えきっている男の子の体温がこれ以上下がらないよう、アンタレスのジャケットと私のショールでしっかりと包み、抱き締める。

「すぐに衛兵が来るからね、大丈夫だよ」

「う、うん……っ」

私は励ましながら男の子の体を温め、アンタレスと衛兵がやってくるのを待った。


男の子は無事に衛兵に保護され、そのまま近くの診察所に運ばれた。

衛兵がちょうど公園を巡回していたのは、大劇場から迷子の通報があったからだそうだ。私とアンタレスが劇場のエントランス付近で見かけた、あの迷子騒動である。

どうやら舞台の上演中に退屈を持て余した男の子が、家族の目を盗んで大劇場から逃げ出したらしい。男の子は隣接している公園に向かい、池で遊んでいて溺れてしまった、という話だった。

男の子のご家族からたいへんお礼を言われ、謝礼を一生懸命に辞退して、私たちはその場を後にした。

「じゃあお休み、ノンノ。また明日、学園で」

さすがにアンタレスも疲れた様子で、私をジルベスト子爵家に送り届けてくれると、すぐに帰っていった。


屋敷に入ると、ちょうど父が王城から帰ってきたところで、鉢合わせた。

「おかえりなさいませ、お父様。今日は珍しくお戻りが早いのですね？」

「いや、今日はたまたまだよ。仕事は相変わらず忙しい。だが、最近仕事で良い結果が出せてね。仕事へのやる気は今まで以上に漲(みなぎ)っているよ」

私と同じヘーゼルナッツ色の髪と瞳、そしてトレードマークのチョビ髭(ひげ)を生やした父が、機嫌が良さそうに微笑んだ。

「ノンノもおかえり。またアンタレス君とたくさん遊んできたようだね。ドレスがずぶ濡れだから、早くお風呂に入るといい」

「はい」

観劇に行ったはずの娘のドレスがずぶ濡れなことに対して、もっと疑問に思っていいんですよ、お父様。

いつまで経(た)っても幼女扱いをされている気がするが、父の言葉に甘えてさっさとお風呂に入ることにする。

セレスティからも「また変なところで遊んだのですね、ノンノお嬢様」とお小言を貰(もら)ったが、今回は人命救助の結果なんです……。お風呂が気持ち良いから、どうでも良いけれど。

お風呂から上がると人心地が付き、私は自室のベッドに寝転がった。

「……アンタレスだって、昔はあれくらい小さな男の子だったのになぁ」

先程まで腕に抱えていた男の子の、まるい頭や小さな背中の感触を思い返す。

そして今日一日中恋人繋ぎをしていたアンタレスの大きな手や、池に向かって走っていった彼の広い背中が、脳裏に浮かぶ。

他人の心の声を聞くことに傷付いていた小さな男の子は、いつの間にか青年になり、読心能力で他人を助けることまで出来るようになっていた。

「本当に、格好良くなっちゃって……」

ちょっと前までの私なら、幼馴染として、親友として、もしくは姉や妹のような視点で、アンタレスの成長を喜べたはずなのに。

「アンタレスはこの先もどんどん、男の人になっていくのかな……」

そんなの当たり前のことなのに、考えるだけで無性に恥ずかしくなってしまう。

私は枕を抱き締めて足をバタバタさせてみたが、そんなことで胸の内側の熱から逃げられるはずがなかった。

どうしよう。今夜も原稿が書けないかも……。

第四章 看病

Chapter 4

「え？　アンタレス様が風邪で欠席ですか？」

「はい。そうなんです、ジルベスト嬢」

翌日、いつも通り登校して一日の授業を受けた私のもとに、アンタレスのクラスの学級委員長がやってきた。

アンタレスが風邪をひいたことを知らなかった私は、驚きに目を丸くする。

大丈夫かなぁ、アンタレス……。すごく心配だよ……。

昨日は夕暮れ時に私にジャケットを貸した上に、池で溺(おぼ)れている子供を助けるために水中に潜(もぐ)ったし。その後も、ずぶ濡れの姿のまま衛兵を呼びに行ったり、私を屋敷まで送ったりしたからなぁ。

帰り際(ぎわ)にけっこう疲れた表情をしていたっけ。

心配でソワソワし始めた私に、委員長は一冊のノートを差し出した。

「こちらは本日の授業内容を書き写したノートです。ジルベスト嬢がお見舞いに行く際のついでで構いませんので、バギンズ様にこのノートを渡しておいてくれませんか？」

「はい、承知いたしましたわ」

「ではバギンズ様にお大事になさってくださいと、お伝えください」

「はい」

委員長はそのまま、クールな態度で去っていったのだが。

そもそもアンタレスが風邪をひいたことをまったく知らなかった私に対して、『お見舞いに行く際のついで』って、なんだろう？　いや、もちろんお見舞いには行くけれど。

もしかしてアンタレスのクラスでも、私って『アンタレスの彼女』として認知されているのだろうか？

ちょっと釈然としない気持ちになったけれど、私は放課後の予定（校内でイチャイチャしているカップル探し）を変更して、バギンズ伯爵家へ向かうことにした。


私は託されたノートの他に、果物や蜂蜜などのお見舞いの品を持って、バギンズ伯爵家を訪れた。

「あらあら、まぁまぁ、ノンノさん！　ようこそ我が家へいらっしゃいました」

「お邪魔いたします、バギンズ伯爵夫人。アンタレス様が風邪だとお聞きしたので、お見舞いに参りましたの。アンタレス様のお加減はいかがでしょうか？」

バギンズ伯爵夫人に挨拶(あいさつ)をすると、いつもよりテンションの高い様子で私を迎え入れてくれた。

息子が風邪をひいているというのに、どうしてそんなにニコニコした様子で私を見つめるのだろう？

一瞬そう訝しんだが、バギンズ伯爵夫人の次の言葉から、いろいろと察した。

「ええ、そうなんですの！　アンタレスったら、昨日はずぶ濡れで帰ってきたと思ったら、夜中から熱を出してしまいましてね。けれど今では微熱程度にまで下がりましたわ。それで、そろそろアンタレスに夕食を摂らせようと思っていたのですけれど。ノンノさん、ぜひアンタレスの看病をしてくださらない？　アンタレスと結婚したら、こういう経験も役に立つと思いますわ」

アンタレスの熱が下がったことはとっても嬉しいけれど、私、バギンズ伯爵夫人の中ですでに『アンタレスの嫁』認定をされている……！　退路がないぞ……！

そういえば、以前から縁談の申し込みをしていたって、アンタレスから聞いたけれど。早々に縁談を持ち込んだのは、もしかするとバギンズ伯爵夫人なのかもしれない。

まぁ、アンタレスの看病はしたいですけれども。

「では、アンタレス様のお部屋までお食事をお運びしますね」

「あら、食事を運ぶのは侍女にさせますわ。ノンノさんのドレスが汚れたら悪いですもの。ノンノさんは、アンタレスに『あ～ん』ってしてくだされば……。でも、『あ～ん』の最中にこぼして汚す可能性もあるかしら？　ノンノさんにエプロンを用意した方がいいかもしれませんわね」

「バギンズ伯爵夫人、それならぜひ……！」

私は挙手をし、バギンズ伯爵夫人にあることを提案した。

バギンズ伯爵夫人は「なぜそんなことを？」と不思議そうに首を傾げたけれど、最後には「まぁ、それなら汚れても平気ですものね」と納得してくださった。

準備に少し時間が掛かると言われたので、私は制服の姿のままキッチンカートをゴロゴロと転がし、アンタレスの部屋に向かう。食事は侍女に運ばせると言ってくれたけれど、この程度、なんの負担も感じないですからね。

アンタレスの部屋の扉をノックしてみるが、返事はない。

不思議に思いつつ扉を開ければ、アンタレスは寝衣姿でベッドに眠っていた。

「失礼しまーす……」

夢の中にいるアンタレスを起こさないように、私はそっとキッチンカートを押して入室する。

アンタレスの顔を覗き込むと、顔色はそんなに悪くない。額に触れて熱を測ってみれば、バギンズ伯爵夫人の言う通り微熱程度だった。私はようやく安心出来た。

アンタレスの額や前髪が汗で湿っているので、濡れタオルで拭いてあげようかな。スッキリするよね。

ひんやりとした濡れタオルで、アンタレスの顔を拭いていると。アンタレスがゆっくりとまぶたを開けた。

しまった。早々に起こしてしまった。

「起こしてごめんね、アンタレス。まだ寝てていいよ……」

「のんの……？」

起きたばかりのアンタレスの声は低く掠れていて、妙に色っぽい。男の人だな、と改めて思って、ドキッとしてしまう。

彼のエメラルドグリーンの瞳はまだ半分夢を見ているみたいに、ぼんやりとしていた。

アンタレスはベッドに横たわったまま私を見上げる。そして自分の顔周りにあった濡れタオルと私の手に気が付き、その手をするりと摑んだ。

寝起きのせいか、微熱のせいか、アンタレスの手のひらがいつもよりずっと熱い。

「……いい夢」

アンタレスはそう呟いたかと思うと、摑んだ私の手の指一本ずつに口付けを落とし始めた。私は驚いて、濡れタオルから手を離してしまう。

「あ、アンタレスぅ!?」

濡れタオルを扱っていたので、私の指は当然冷たかった。

けれどアンタレスはそんなことなど気にならないらしく、チュッチュッと口付けを続ける。

口付けを落とす箇所が、指先から指の根本に変わり、えっち度がどんどんアップしてきた……！

「絶対に僕を好きになってね、ノンノ。僕と同じところまで来て」

「あ、あの、アンタレス……！　寝惚けてる……っ、寝惚けてるからぁ……っ！」

うわーん！　アンタレスが寝惚けたまま口説いてくるよ！

恥ずかしくて、胸がドキドキして、もう心臓が痛いくらいだよ。アンタレスに握られた手を引き抜きたいと思うのに、どうしてか行動出来ない。アンタレスの唇が熱くて、私まで熱が移っちゃったみたいに全身から力が抜けていく。

今の私に出来ることは、アンタレスに正気を取り戻すよう促すことだけだった。

「だいたいさ、ノンノが昔、言ったんだよ。『誰よりも分かり合える人と出会えたら、それは本当に貴重な相手だから絶対に逃がしちゃダメだよ。全力で大事にしてあげて』って。だから逃がしてあげない……」

「アンタレス様!!　これ、夢じゃないです!!　現実ですよぉぉぉ!!」

「僕をここまでノンノの心なしでは生きられない状態にしたくせに、責任を取らないとか本当にあり得ないから。絶対逃がさない。最後まで僕の人生に付き合って。なんなら死後も来世も一緒にいて……」

「だんだん脅迫めいてきましたよぉぉぉ!?」

そういえばアンタレスって、『レモンキッスをあなたに』ではヤンデレ枠の攻略対象者だった。

そりゃあ、読心能力なんて持っていたら、病んでしまうでしょうよ。

けれど、現実のアンタレスはゲームとは全然違う人生を辿っているものだから、ヤンデレの片鱗を見せなくて、私もすっかり忘れていた。

まさか恋愛方面では、ヤンデレ気質が出てきちゃうんですか!?

「ノンノも僕なしでは生きられない状態になってくれないと、腹が立つ……、ゆるさない……」

アンタレスはどんどん呪詛めいたことを言いながら、私の手のひらや手首に口付けを続けていた。

だが、だんだんとウトウトし始めた。

そして私の手を握ったまま、再び眠りについた。

「……最初は普通にときめいていたのに、途中からヤンデレが降臨してましたよ、アンタレス様」

でも、『絶対逃がさない』とか言われると、重くてビビるのに、キュンとしちゃう……。

私はキュンキュンしたままの胸に手を当て、甘い溜め息を吐いた。

アンタレスがちゃんと起きたのは、それから三十分後のことだった。

私は温め直してもらったチキンスープをスプーンですくい、アンタレスの口元に運んで『あ～ん』をする。

「さぁ、お食べください、アンタレス坊ちゃま。バギンズ伯爵家の料理人が腕によりをかけて作ってくれた、野菜たっぷりのチキンスープですよ。栄養満点です。マカロニも入っていますよ～」

アンタレスは、愛しい私からの『あ～ん』を、

「ちょっと待って。なんでノンノが僕の部屋にいるわけ」

と、あっさり拒否した。

アンタレスはベッドに上体を起こしたまま、こちらを険しい表情で睨む。

「いやですわ、アンタレス坊ちゃま。私は六歳の頃からわりと四六時中、アンタレス坊ちゃまの部屋にいるじゃないですか」

「そんな昔からの話じゃなくて！　なんで今、風邪をひいている僕の部屋にいるのかってこと!!」

「私、冬にしか風邪をひかないから大丈夫だよ。感染らないから問題ない」

「問題あるに決まってるでしょ!?　微熱まで下がったとはいえ、どうして正常な判断が出来る状態じゃない男の部屋に入ってくるわけ!?　しかも、そんな格好で!!」

アンタレスが私の服装を指差した。

「そんな格好って……。これはバギンズ伯爵家の侍女のお仕着せだよ！　とっても可愛いでしょ?」

アンタレスが二度寝をしている間に衣装の準備が整ったので、着替えたのだ。

私は椅子から立ち上がり、その場でスカートを摘まんで広げ、くるりと回ってみせる。

「小さい頃から憧れていたんだよね〜。このお仕着せ」

せっかくアンタレスの看病をするのだから、ずっと憧れていたバギンズ伯爵家の侍女のお仕着せをお借りした。この格好なら汚れても平気だと、バギンズ夫人も許可を出してくださったし。

前世のコスプレ用メイド服とは違って露出はないし、スカート丈も長いけれど。

黒いクラシカルなワンピースは生地がたっぷりで、動く度にヒラヒラしてえっちだ。エプロンや頭にのせるホワイトブリムも、フリフリでとても可愛い。

一度は着たいえっちな衣装だったので、私は大満足だ。

「ねぇねぇ、アンタレス。私、侍女のお仕着せも似合うでしょ？　メイドノンノちゃん、可愛いでしょ？」

私が詰め寄ると、アンタレスは苦渋に満ちた表情を浮かべながらも、こくりと頷いた。

「確かに、可愛いけれどさぁ……」

「だよねっ！　知ってる！」

旦那様を誘惑するようなお色気ムンムンの侍女にはなれないが、侍女のお仕着せが似合うか似合わないかの二択なら、間違いなく似合うのである。顔が良いので。

「さぁ、アンタレス坊ちゃま！　あなたの侍女ノンノに看病をさせてくださいませ！」

決してふざけてお仕着せを着たわけではないことを証明しようと思って、運んできたキッチンカートの上を指し示す。

そこには、チキンスープのお皿に被せていた銀のクローシュの他に、薬箱や氷嚢やタオル、私手作りの経口補水液（レシピ提供・前世の保健体育の先生）などもあった。あと、アンタレスのクラスの学級委員長から手渡された授業ノートも。

「ね？　本気の看病セットでしょ？」

「そうじゃない……」

アンタレスは頭を抱えた。頭痛だろうか？

「ちょっと待ってね、アンタレス。薬を飲む前に、胃に食べ物を入れとかないといけないから『あ～ん』を……」

「そういう頭痛じゃない。とにかく僕の看病は良いから、ノンノは帰って」

今日のアンタレスは妙に頑なだね。風邪のせいだろうか？

「……あのね、ノンノ。ここにいるのは、きみに求婚を申し込んで、きみと家庭を築いて一生を添い遂げたいと思っているような男なんだ。ノンノはまだ、幼馴染の認識から抜けきっていないだろうけれど」

「あ、はい……。そのようでございますね……」

「正常な判断が出来ない僕と二人きりになって、……その、僕がきみに変なことをするかもしれないから、早く帰ってほしい」

アンタレスはとても言いにくそうに、そう告げた。

まさかアンタレスからそんなことを言われるとは思わず、恥ずかしくて、身の置きどころがないような気持ちになる。

でも、真実を言わなくては。

「あのぅ、私、寝惚けたアンタレス坊ちゃまに、すでに、とってもえっちなことをされた後でして……」

「はぁぁぁっ!?　嘘でしょっ!?」

どうせ隠せることではないので、私は寝惚けたアンタレスにいっぱいチュッチュされた右手を見せた。

「ほら、嘘じゃないでしょ。私の手に、アンタレスがいっぱいチューしたの」

手首の柔らかい部分に赤い跡があるんだけれど、これって本物のキスマークだと思う？　アンタレスにいっぱい吸われたんだけれど。

私はモジモジしつつ、寝惚けたアンタレスに『絶対逃がさない』とかヤンデレ発言されたことも思い返す。

アンタレスは最初とても慌てていたが、私の手をよく検分し、私の心の声にしっかりと耳を傾けた後で、

「なんだ、この程度で良かった……」

と、真顔で言った。

「こっ、この程度だとぉ!?　めくるめくえっちな体験だったよ!?　アンタレスは妙にセクシーだったし!!」

「ああ、うん。ごめんね、ノンノ。許して」

「なんか謝罪が軽くないですかねっ、アンタレス君!?」

「熱を出して寝惚けていても、僕はちゃんと自制心が働いているって分かって良かったよ。ねぇ、ノンノ。僕、お腹がすいたから『あ〜ん』して」

「なんなんだ急に、その態度はっ⁉　ほら、あ〜ん！　いっぱい食べて、早く元気になってね！」

「うん。ノンノが食べさせてくれると、いつもよりおいしい気がする」

「ほんと⁉　じゃあ、次。あ〜ん」

「うん。やっぱりおいしい」

「良かったぁ」

その後、預かっていた授業のノートや、学級委員長からのお見舞いの言葉を伝えた。

帰り際にアンタレスが、

「言い忘れていたけれど。手首のそれ、本物のキスマークだよ」

と教えてくれた。

えぇぇ〜⁉　やっぱり、これって本物のキスマークなんだぁ‼　すごーい‼　初めて見た‼

私は初めてのキスマークにたいへん感動して、帰宅したのだが。

よく考えると、なぜアンタレスはキスマークの正しい作り方を知っていたのだろう……？

前世の記憶持ちである私でさえ、なんとなくしか知らなかったというのに。

アンタレスのやつ、実は読心能力のせいで、私よりもえっちなことを知っているんじゃないだろうか？

そんな疑問がよぎったりした。

第五章 子猫の里親探し

Chapter 5

風邪から無事に回復した僕は、翌日から貴族学園へと登校した。

学級委員長にノートのお礼を伝えてから、午前の授業を受ける。そして昼休憩になったので、持参したランチボックスを片手に、ノンノといつも昼食を食べている談話室へと向かう。

他人の心の声が絶えず聞こえてしまう僕は、人が密集している場所が苦手だ。

だから昼休憩に生徒でごった返すカフェテリアへ近寄らないために、いつもこうして昼食を持参している。

そんな僕の昼食に、ノンノは入学以来ずっと付き合ってくれていた。

ノンノはカフェテリアでヒューマンウォッチングをしながら食事をするのも好きなのだが、いつだって僕のことを優先してくれるのだ。

風邪をひいた僕のもとへ、わざわざ看病にも来てくれたし。

ノンノはいつだって僕のために必死になってくれるのだ。

今まではそんな彼女の行動に、幼馴染として感謝をしていただけだけれど。最近はとてもくすぐ

けもラブ少女が
宮中の事件を
モフっと解決！
後宮の獣使い
～獣をモフモフしたいだけなので、皇太子の溺愛は困
犬見 式 イラスト／羽公 定価1,540円
溺愛に“待った”！
姪の参戦で恋は
前途多難!?
ド真面目侍女の婚約騒動！ 2
～無口な騎士団副団長に実はベタ惚れされてました～
柏 てん イラスト／くろでこ 定価1,540円
運命の一冊に出会える。
これがわたしたちの
新ライトノベル！
おかげさまで1周

刊案内 2023年9月

周年フェア!

Dノベルfはおかげさまで1周年!
ご愛読いただいている皆様に感謝を込めて、スペシャルな企画をご用意しました!

1 声優・白井悠介さんが1人3役を演じ分け!?

スペシャルPV公開!

2 声優・白井悠介さんの直筆サイン入り色紙が抽選で3名様に当たる!

Xフォロー&RPキャンペーン
(旧Twitter) (旧RT)

※【応募期間】2023年9月5日(火)~9月19日(火)23:59まで
※詳しい応募方法・注意事項は特設サイトをご確認ください

3 Dノベルf全13作品の書き下ろしSSが読める!!

応援書店で書籍を購入すると
特製カードをプレゼント!
(全13作品書き下ろしSSへの招待状)

※カードに記載の二次元バーコードから、全13作品の書き下ろしSSが読めるサイトにアクセスできます
※応援書店は特設サイトをご確認ください

公式サイトは コチラ

周年!

%を含んだ定価です。

サイトオープン・PV公開
9月5日(火) 12時~

1周年フェアの詳細は 特設サイトをチェック!

https://dash.shueisha.co.jp/feature/dnovelf/anniversary/

ったい気持ちになる。ノンノもなんだかんだ言っても僕のことが好きだよね、と嬉しくなってしまうのだ。

ノンノの僕に対する気持ちはまだ、親愛の域を脱していない。彼女の気持ちが早く変化して、僕と同じ、唯一無二の相手に対する愛情になればいいな、と思う。

校舎二階にある談話室は、もともとグループ学習用のテーブルや椅子が用意されているので、昼食を摂るにはなかなか良い場所だ。

たまに僕たち以外の生徒も昼食を摂りにやってくることもあるが、今日はノンノが一人で窓際のテーブルに席を取っているだけだった。

ランチボックスをテーブルに置いたままぼんやりと窓の外を眺めているノンノは、薄幸の美人という表現がよく似合う。「ふぅ……」と溜め息を吐くその横顔はとても頼りなさげで、この場にいるのが僕でなければ、誰もが彼女の儚さに目を奪われただろう。

『助けて、誰かエロい人!!　破廉恥シーンがまったく書けないよぉぉぉ!!』

ノンノの荒ぶる心の声が聞こえてくる。

『締め切りがどんどん近付いてくるのに、破廉恥シーンが書けないなんてっ!!　どうするの、ピーチパイ・ボインスキー!?　このままじゃただの純愛小説になっちゃうけれど、そんなの、書いている私が一番読みたくないっ!!』

頭を抱えているノンノの姿は、端からは貧血でふらついているようにしか見えない。

相変わらずノンノの外見詐欺は凄まじい。初めて出会ったときは僕も騙されたし、淡い恋心も砕け散ったものだ。

けれど結局、またノンノへの恋心を再認識しているのだから、心というものは本当によく分からない。

そんなことを考えながら、談話室の扉からノンノを眺めていると。

こちらの視線に気付いたノンノが振り返った。

「……アンタレスっ⁉」

と、ノンノの細い肩がビクッと跳ねる。

僕はノンノの傍へと足を運び、隣の椅子へと腰掛けた。

「そんなに締め切りが危ないの？」

「え、あ、うん……。まぁ」

歯切れ悪く言うノンノの心は、間近に迫った締め切りのことよりも、僕の行動の方を気にしている。

今までは向かい合って昼食を摂ることが多かったけれど、告白してからは、あえて距離を詰めて隣に座っている。その急接近に、ノンノは『積極的すぎやしないか、アンタレス君⁉』と恥ずかしがっていた。

あの恥知らずのノンノが、僕に対して恥じらっているのは、なかなか胸に来るものがあった。

いつも破廉恥なことばかり考えていたくせに、僕がちょっと恋愛感情を向けただけでおろおろとし、手が触れただけで初デートのことを思い出して頬を桃色に染めるなんて、本当に可愛い。

ノンノとの初デートはとても良かった。

まずは少しでも異性として意識されなければと、恋人繋ぎを決行してみた。

僕にとってもとても恥ずかしい行動だったが、ノンノは僕以上に恥ずかしがり、慌てふためき、僕のことを異性として意識している心の声が聞こえてきた。

——それがとても幸せだった。

僕がノンノの心を掻き乱させて、彼女を初心な女の子にしているのだと思うと、どんどん調子に乗ってしまう。

自分の羞恥心なんて二の次になってしまい、ノンノへ更なるアプローチを仕掛けてしまった。

僕は意外と悪い男だったらしい。

そんなふうに初デートのことを思い返して頬を緩ませていると、ノンノが『アンタレスがえっちな顔をしてる！』と、真っ赤な顔で僕の肩を叩いた。どうやら僕がノンノのことを考えているのが分かったらしい。

ノンノは読心能力を持たないけれど、一緒に過ごした年月の分、僕の気持ちを簡単に察してくれる。

ぽかぽかと軽い力で叩いてくるノンノの手を止めながら、僕は話を元に戻す。

「創作活動は趣味程度にして、出版するのは控えたら？　発禁になっている書籍もあるんだし。それにどうせ卒業後には、ノンノは僕のお嫁さんになるんだから」

ノンノに昼食を食べるように促しながら、僕もランチボックスを開ける。

「……伯爵夫人になるのだとしても」

頬を染めながらも、ノンノは拗ねたように唇を尖らせた。

「私は乙女ゲーム転生者として、ゲーム強制力に挑まなくちゃいけないと思うの！」

「気のせいだよ。挑まなくても生きていけるよ」

「ラッキースケベは私の心の潤いなの！　スケベに生きたい！」

ノンノが言っている内容は相変わらず酷い。

そのくせ、恋人繋ぎや手首へのキスマークを『とてもえっちなこと』として扱うのだから……。

僕が本気でノンノに手を出したら、たじたじになってしまうのだろう。本当に可愛くて、まいってしまう。

『こんなの私じゃないみたいでイヤ……』

「僕は新しいノンノの一面が見られて、すごく嬉しいけれど」

「アンタレスなんて、今まで一度も見せたことのない面ばかりで、もはや新生アンタレスになっちゃってるよ……」

ノンノは疲れたようにそう言うと、ようやく自分のランチボックスに手を伸ばした。

昼食を食べ終え、昼休憩も残り二十分というところで談話室の扉が開いた。

軽やかな足音と共に入室してきたのは——エジャートン男爵令嬢だった。

「あ！　ノンノ様！　……と、子猫ちゃんを助けてくださった恩人様！」

「まぁ、スピカ様、ごきげんよう」

「ごきげんよう、ノンノ様っ」

なぜかノンノと男爵令嬢が、お互いに面識があるような会話を交わしている。

いつの間にノンノは、男爵令嬢と名前で呼び合うような関係になったのだろう？

きみ、ヒロインに興味はないって言ってたでしょ、と。ノンノに視線で問う。

ノンノはいつもの困り笑顔を浮かべたまま、僕の心に語りかけた。

『誰かさんにデコチューされた時に、びっくりして腰が抜けて、スピカちゃんに助けてもらったんだよ』

「え？　腰が……？」

小声で尋ねれば、ノンノの頬がじわじわと朱に染まっていく。

僕もつられて耳まで熱くなり、口許を手で覆う。

そういえば僕がノンノに求婚の予定を伝えた時も、地面から立てなくなっていたけれど。告白の時点でそんなことになっていたわけ？

なんなのノンノ、本当に可愛すぎるでしょ……！

『経験値がないから仕方がないんだよ！　もっと経験値アップしたら、お色気ノンノ様に進化するから、今のうちに笑えばいいさぁ！』

心の中でぶちギレているノンノさえ、愛（いと）しくて仕方がない。

経験値って、僕と経験する以外の選択肢を与えてあげるつもりはないのだけれど、ノンノはそのことをちゃんと分かっているのだろうか。照れすぎて分からないんだろうな。

男爵令嬢は僕らがいるテーブルにやってくると、にっこりと笑いかけてきた。

「スピカ・エジャートンと申します。先日は子猫を助けていただき、本当にありがとうございましたっ！」

「……アンタレス・バギンズです」

「バギンズ様のお陰で、子猫には大した怪我はありませんでした。今ではすっかり元気になりましたよ」

「それは良かったですね」

エジャートン嬢からのまっすぐすぎる感謝の念が眩（まぶ）しくて、つい視線をさ迷させてしまう。彼女の視線がノンノに向くと、ホッとした。

「ノンノ様も、もうすっかりお元気になられたのですね。本当に良かったです！」

「はい、お陰さまで。先日は助けていただいて、本当にありがとうございました」

「いいえ、ああいった時はお互い様です。それに、わざわざ領地の名産品を屋敷に届けていただいて……！　家族みんなで、ありがたくいただきました。とってもおいしかったです！」

「あの程度ではお礼にもなりませんが、お口に合ったようで良かったですわ。もし他になにかスピカ様のお力になれることがあれば、ぜひおっしゃってくださいね」

社交はほどほどにというスタンスのノンノが、珍しく心からの言葉を口にする。

するとエジャートン嬢は『もしかしたら、ノンノ様が相談に乗ってくれるかもしれないわ』と、おずおずと口を開いた。

「さっそくご相談を持ちかけてしまって、申し訳ないのですが……。どなたか子猫を飼いたいという方をご存じないでしょうか？」

「この間の子猫のことですか？」

「はいっ。今は我が家で保護しているのですが、エジャートン家にはもともと、十五歳になる先住猫がいるのです。騒がしい子猫とはどうにも相性が悪いみたいで、すぐに喧嘩になってしまって。子猫を隔離しようにも、先住猫は鍵の掛かった部屋にすら入り込んでしまうので、うまくいかないんです……」

「それで、他に子猫を飼える方をお探しなのですね」

「はい……」

「私の家には去年生まれたばかりの姪がいるので、あと数年は動物を飼えそうにありませんわ」

困ったようにノンノが言うと、『アンタレスのうちは?』と僕に視線を向けてきた。

僕は首を横に振る。

「我が家も、執事が重度の猫アレルギーなので無理ですね」

「そうですか……。無理を言ってしまい、申し訳ありません」

『これればかりは仕方がないわ。責任を持って、子猫ちゃんの里親を探してあげないとね』と肩を落とすエジャートン嬢に、ノンノは両手をパンッと叩いた。

「私の方でも、他の方に子猫が飼えないかどうか、お聞きしてみますわ。だから気を落とさないでくださいませ、スピカ様」

「ありがとうございますっ、ノンノ様! ……私はまだ貴族学園に編入したばかりで、親しい方が少なくて。休憩時間中ずっと、色んな方に子猫が飼えないか尋ねて歩いていたのです。ノンノ様に手伝っていただけて、本当に嬉しいですっ!」

「ああ。それで談話室にいらっしゃったのですね」

「はいっ」

『めちゃくちゃ効率の悪い探し方をしているな、スピカちゃん』

「ノンノ嬢が手伝うのなら、僕も付き合いますよ」

「アンタレス様……」

「本当ですか!? ありがとうございます、バギンズ様!!」

人嫌いの僕が参加したことに驚きつつも、ノンノは「ありがとう」と儚げに微笑んだ。

「……だって、僕のせいで腰が抜けちゃったノンノを助けてもらったんだし」

ノンノの耳に囁き、僕は彼女の長い前髪をそっと耳に掛けてあげる。

そして、告白した日に僕が口付けた額を指先で撫でると、ノンノはまたも一瞬で赤くなった。

『アンタレス!?　また私の腰が抜けたら、どうするのかっ!?』

その時はもちろん僕が運んであげるつもりだよ。この間と同じ〝お姫様抱っこ〟でね。

エジャートン嬢が僕たちを見て『ふふふ、とっても仲の良い恋人同士なのね！　素敵だわ！』と勘違いしていたけれど、僕は訂正しなかった。

▽

翌日から、私とアンタレスは保護猫の里親探しをすることになった。

最初は里親募集のポスターを制作して、校舎内のあちこちに貼らせてもらおうかな～と考えていた。前世ではよく見た方法だ。

けれどアンタレスが、

「どう考えても、僕の能力を使った方が早いでしょ。猫好きの人や、小動物を飼いたいと考えている人を見つけて、直接声をかけていけばいいいんじゃない？」

と、提案してきた。

なるほど。読心能力には、そういう便利な使い方もあるんだねぇ。

ただ、アンタレスは読心能力を他人に隠している。私たちが猫好きの人にばかりピンポイントで話しかけているのを見たら、スピカちゃんもいろいろと疑問に思ってしまうだろう。

そういうわけでスピカちゃんにはうまく事情を伏せて、別行動することになった。

別行動の件を伝えると、スピカちゃんはサファイアみたいに綺麗な瞳の中にたくさんの星を輝かせて、

「私がいたら、お二人のお邪魔になってしまいますもんね！　私は私で、子猫ちゃんの新しいご家族を探してきます！」

と言って、楽しげな様子で去っていった。

正直、スピカちゃんという清涼剤に一緒にいてほしい気持ちもあったのだが、私とアンタレスの超個人的なごたごたに巻き込むわけにもいかない。分散して里親探しをした方が効率がいいのも分かっている。

ここは浮(うわ)ついた気持ちをどうにか封印して、子猫の里親探しに集中しなければ！

「早く子猫に里親を見つけてあげないといけないもんね！　スピカちゃんちのおばあちゃん猫のためにも！」

私がそう宣言すると、横からアンタレスが声を掛けてきた。

「じゃあ、まずは特別棟に行ってみようか。今の時間帯なら特別棟で活動している生徒が多いから」

そう言ってアンタレスは私の手を取り、もはやナチュラルに恋人繋ぎをしてくる。

「だから！　里親探しに集中だって言ってるのにっ！」

「べつにノンノが集中する必要はないんじゃない？　読心能力を使うのは僕なんだし。それに……」

繋いだ手を、ぐいっとアンタレスの方に引き寄せられた。

私の体も自然と引き寄せられ、誰かに見られたらアンタレスと抱き合っていると誤解されそうなほどに距離が近付く。

「僕のせいで気持ちが浮ついて、可愛くなっちゃうノンノが、もっと見たい」

アンタレスの頬が、喋（しゃべ）っていくうちにどんどん薄桃色に上気していく。

そんなに照れながら口説（くど）いてこられると、私も『アンタレスも可愛いじゃん……』って気持ちになっちゃって、どうしたらいいか分からなくなっちゃうでしょ!?　もぉっ!!


その後、なんとか特別棟に向かい、アンタレスの能力によって猫好きの人を何人か発見することが出来た。

けれどなかなかうまくいかないもので、その中から実際に猫を飼ってもいいという人は見つからなかった。

「以前の飼い猫が忘れられなくて、新しい猫を飼える心境じゃない人とか、敷地内で猫にとって毒になる植物を育てているから飼えない人とか、いろんな事情があったねぇ」

「まぁ、そんなに簡単に生き物の命を預かれないでしょ。最期まで面倒を見てやらなきゃいけないんだから」

「そうだね」

いろんな生徒と交渉しているうちに平常心が戻ってきたので、アンタレスとちゃんと会話することが出来た。

廊下を進んでいくと、次の教室の扉を発見する。

私は「ここにも猫好きの人がいるかなー？」と言いながら、今まで見てきた教室の扉よりも重厚なデザインの扉に手を伸ばす。

「ノンノ、待って。その教室には誰もいないよ。そもそも、こんな場所に教室はなかったはずだけれど……」

「え？」

アンタレスが忠告してくれた時にはすでに遅く、私はドアノブを握ってしまっていた。

触れた瞬間に扉自体が虹色に発光し、激しい音を立ててその扉が開かれる。

そして、私たちを教室の中へ引きずり込むような強い風が巻き起こった。

「わあぁぁっ⁉　教室に吸い込まれる⁉」

「ノンノ‼　絶対に僕の手を離さないで‼」

謎の教室に強制的に入室させられた私たちの背後で、扉がバタンと固く閉ざされた。

「乙女ゲームの強制力か……」

このシトラス王国は、八百万並みにたくさんの神々が信仰され、わりとよく降臨する。神の眷属や精霊を見たという話もよく聞くし、人里離れた場所には妖精も隠れて暮らしている。そして、そういった聖なる存在たちが、時折不思議イベントを引き起こすことがある。

シトラス王国の国民たちは、こういう不思議イベントに遭遇すると『神々からの試練』として温かく受け入れていた。

だが、転生者の私には、「たぶん乙女ゲームのイベントが発生しても国民が混乱しないように、常時不思議イベントを起こす方向になったのだろうな」としか思えないのであった。

「それで、今回の不思議イベントはなんなのっ⁉　謎教室に急に閉じ込められちゃったんですけれど⁉」

一見普通の教室のように見える。机や椅子が整然と並べられ、ぴかぴかの黒板や教卓が置かれていた。

だが、窓が一つもない。地下室でもないのに、これだけの広さの部屋に窓がないというのは、とても奇妙に感じる。

そして普通は教室の前後にあるはずの扉も、一つしかなかった。

扉は固く閉まっていて、アンタレスの腕力でも開けることが出来なかった。アンタレスは弓や護身術を習っていて、体力もあるのに。

最終手段でアンタレスが助走をつけて飛び蹴りをしたら、バキバキバキッッ!!! と大きな音がして、扉の中央にうまいこと大きな亀裂が入った。もう一、二回蹴りを入れれば壊せるかもしれない。

一瞬そう期待した私たちだったが、扉が再び虹色に輝き、せっかく入った亀裂が見る見るうちに修復されてしまった。

正攻法以外では絶対に扉を開けないという、ゲーム強制力からのメッセージであった。

私たちは完全に閉じ込められていた。

「どうせ引き起こすなら、もっと胸がキュンキュンするようなえっちなイベントを引き起こしてよ、ゲーム強制力！　監禁されたって、恐怖しかないですよっ!?」

「……ノンノ、これを見て」

一つ一つの机の中を確認していたアンタレスが、一枚のカードを発見した。

「脱出のヒントが見つかったの、アンタレス!?」

「うん、まぁ」

アンタレスが差し出したカードには、こう書かれていた。

『お互いの好きなところを言わないと出られない部屋』と。

部屋の名前が説明そのものである。

どうやらゲーム強制力には、微妙な関係の思春期男女を思いやる気持ちなど微塵もないらしい。むしろ煽る気満々である。

「なにが神や精霊だ……！　ただのゲーム強制力のくせにぃぃぃ！」

私はゲーム強制力に対する絶望を抱えて、唯一の扉を強く叩いた。ただ手が痛くなっただけだった。

「ノンノ」

扉の前で項垂れていると、アンタレスの声がすぐ後ろから聞こえてきた。

私は思わずビクッと全身を揺らし、セミのように扉に張り付いた。これから始まる展開がどのようなものか考えるだけで、熱中症になってしまいそう。

私は扉の前で縮こまったまま、後ろを振り向けずにいると。アンタレスの気配が背後にぐっと近付いてくる。

アンタレスの長い腕が私の顔の脇を掠めて、扉に両手をついた。

うひゃぁぁぁ！　後ろから壁ドンをされちゃってるよ、これ!?

「アンタレスの卑怯者……!!　私が壁ドンに憧れているのを知っているくせに、こんな仕打ちをするなんて!!」

「知っているからこそ、仕掛けるしかないでしょ？」

私の妄想を傍で十年も聞き続けたアンタレスに、私の萌えシチュエーションなど隠しようもないのであった。

アンタレスの吐息(といき)が私の後頭部に当たっているような気がする。こんなの、アンタレスに後ろから抱き締められているのと変わりないじゃん？

こんなにめちゃくちゃ恥ずかしくて、死んじゃいそうな状態なのに、アンタレスが普段愛用している香水がふわりと香ってくると、ちょっとだけ安心した。

そして、こんなに恥ずかしい気持ちにさせる張本人に安心してしまう自分に、また恥ずかしくなるという無限ループ。もうやだぁ……。

「み、耳元で笑わないでぇ……！」

「ごめんごめん。ノンノを馬鹿にしたつもりはないよ。ただ、あんまりにも僕に都合のいい『神々の試練』だな、と思って。だってこれ、いくらでもノンノに好きだと言えるし、ノンノからも好きだと言ってもらえる試練なんでしょ。役得だ」

「アンタレスは攻略対象者だから、優遇されてるんだよ！　ずるい！」

「そんなわけないと思うけれど。じゃあ、僕から始めるね」

アンタレスがクスっと耳元で笑った。

「じゃあ、僕から先に始めるね」

「手短に終わらせてください……」

「僕がノンノを好きだと思うところはね、僕に心を読まれていると知っているくせに、こんな僕を

信頼しきって、平気で受け入れてくれたところ。ずっと傍に居続けてくれたところ。その心で、幼い僕を守ろうとしてくれたところ。破廉恥なことを考えていても、実際に僕に触れられるととても恥ずかしがってしまうところ。カイジューで世界を破滅させようと考えていても、結局現実世界では誰かを本気で傷付ける気がないところが好き。ノンノのダメなところも、小心者なところも、大好きだよ。薄茶色の柔らかな髪も、琥珀の瞳も、儚げな容姿も……」

「うわぁぁぁ!!　アンタレス君は手短という言葉をご存じない!?　もうっ!!　もういいですっ!!　これ以上告白を続けられると、キャパオーバーです!!」

「でも、僕はノンノの心を読めるけれど、きみは僕の心を読めないから。ちゃんと口にしないと、僕の気持ちを完全には理解してくれないでしょ?」

「アンタレス君がいま羞恥のあまり死にかけていることなら、ちゃんと理解しています!!　壁ドンしているアンタレスの手の甲が、茹でダコみたいに真っ赤になっているのが視界に入ってくるんだよぉぉぉぉ!!」

「女の子を口説くのはノンノが初めてだから、仕方がないでしょ……。それより、ノンノは?」

アンタレスの右手が扉から離れ、そのまま私の髪を梳いて弄び始めた。

「ノンノの方からも、僕のどこが好きかちゃんと言わないと、この部屋から出られないんだけれど?」

アンタレスの声に喜色が滲んでいる。

「ねぇ、早く答えてよ」

早くとか言われてもですね……。

私はまだアンタレスのことを異性として意識し始めたばかりで、『恋愛的な好き』なら答えようがない。

でも、この部屋の脱出方法は、単に相手の好きなところを言うだけだ。

幼馴染として、親友として、人として、アンタレスの良いところならたくさん知っている。

立派な跡継ぎになろうと頑張って勉強をしているところも、馬術が好きで遠乗りに連れていってくれるところも、私のスケベ思考を読み取って呆れながらも見捨てずに傍にいてくれるところも、全部大好きだなぁ。アンタレスの嫌いな部分さえ、思い浮かばないくらいだ。

「私、アンタレスのこと、全部大好きだよ？」

小首を傾げながら答えると、目の前の扉がまたまた虹色に輝いた。

鍵がカチリと解錠された音がして、扉が開く。その先には、ちゃんと特別棟の廊下があった。

「やったぁ！　アンタレス、脱出出来たよ！　こんな恐ろしい部屋、早く出ようよ！　……アンタレス？　どうしたの？」

「…………」

私の後ろに立って優位な状況を楽しんでいたはずのアンタレスは、途中から静かになっていた。

不思議に思って振り返ると、アンタレスはなぜか真っ赤な顔で床にしゃがみ込んでいる。

「僕よりよっぽど、ノンノの方が卑怯でしょ……」

「はい？」

アンタレスは「あー、もう……」と深い溜め息を吐いていた。

▽

子猫の里親を見つけたのは、結局スピカちゃんだった。

「しらみ潰しに声を掛けていたら、こちらのプロキオン様が子猫ちゃんを引き取ってくださることになりましたっ！」

『お互いの好きなところを言わないと出られない部屋』から無事に脱出した翌日、スピカちゃんは私たちの前に一人の男子生徒を連れてきた。

こうして間近で会うのは初めてだけれど、彼のことならもちろん知っていた。

一学年上のプロキオン・グレンヴィル公爵令息──『呪われた黒騎士』という二つ名を持つ攻略対象者である。

腰まで届く長い黒髪を結い上げたプロキオンの、冷たさを感じさせるほどに整った顔の左半分は、禍々しい黒いアザで覆われている。彼は生まれつき呪いを受けているのだ。

プロキオンの呪いは、負の感情を抱くと体の左半身に鋭い痛みが走るというものだ。

だから騎士の訓練で心と体を鍛えて、何ごとにも動じない人間になろうと頑張っているのである。

けれどその見た目の恐ろしさのせいで、「近寄ったらうつる病」だとか、「プロキオンの魂ごと呪われている」とか噂されて、いつも他人から避けられている不憫なキャラクターだ。

プロキオンはちょっと天然キャラでもあるので、周囲からのそういった反応には無頓着である。

そういうところが可愛いと、『レモキス』の攻略対象者の中でも結構人気だった。

プロキオンの呪いは乙女ゲーム特有の超ご都合主義で、心から愛する人とキスをすることで無事に解け、アザも痛みも消えてしまうことになっている。

その相手がヒロインのスピカちゃんになるのか、他の人になるかは分からないけれど、頑張って婚活するといいと思うよ。

「グレンヴィル様が子猫を飼ってくださるのですね。良かったですね、スピカ様……」

私は意気揚々と二人に近付こうとした。だが、アンタレスが私の腕を摑んで引き止めた。

どうしたんだい、アンタレス君や？

「あまり友好的に接しないで。もしエジャートン嬢よりノンノの方が先にグレンヴィル様の孤独を癒やして好かれちゃったら、どうするつもり？」

「あぁ……、転生令嬢がよくやっちゃうやつ」

「きみも僕にやったでしょ」

「あー……」

私は適当に頷き、プロキオンに対する友好的な笑みをひとまず取り下げることにした。

スピカちゃんとプロキオンがしっかり仲良くなってから、お友達になろ～っと。

代わりにアンタレスが私の前へ出る。

アンタレスとプロキオンが挨拶(あいさつ)を始めた。

「……ねぇ、ノンノ」

プロキオンとの挨拶が終わると、アンタレスが困惑(こんわく)した表情で問いかけてくる。

「グレンヴィル様から『バギンズ伯爵令息とジルベスト子爵令嬢か。昔飼っていた金色の毛並みの大きな〝モジャ〟と、薄茶色の小さな〝モジャモジャ〟を思い出すな……。懐(なつ)かしい』って、心の声が聞こえてきたんだけれど。一体、なんの動物だと思う？」

「私も全然分からないけれど、プロキオンが動物好きみたいで良かったねぇ」

こうして子猫の里親探しは無事に終了した。

第六章 求婚

Chapter 6

今週は子猫の里親探しでいろいろあったが、ついに、アンタレスが求婚に来るとか言っていた週末がやってきてしまった。

アンタレスから求婚の手紙が我が家に届いてからずっと、ジルベスト子爵家全体が浮ついている。

仕事で忙しい父もすぐさま休みを取り、刺繍の先生をしている母も予定を断り、普段は乳母と一緒になって姪っ子を育てている姉（ちなみに姉は私より六歳上の二十二歳）も「ノンノとアンタレス様の求婚の場にぜひ立ち会いたいわ」と、はしゃぎまくっている。普段は大人しい姉なのに、どうしたんだ。

姉のはしゃぎようは本当に酷かった。

おとといの夜、私の部屋に突然やってきたかと思えば、ストールでぐるぐる巻きにされた謎の物体を手渡してきた。

「これは一体なんでしょうか、マーガレットお姉様？」

「私の本よ。ノンノにはまだ早い知識もあるので、とっても驚くかもしれないわ。でも、あなたもちゃんと知っておいた方がいいと判断しましたの」

姉の勿体ぶった言い方に、私のスケベレーダーはピンと反応した。

もしや閨事関係のすごい本じゃなかろうか？

かつて私が見つけた、小学生の保健体育の教科書以下の本はただのカモフラージュで、実はとんでもないものをご婦人たちは秘蔵していたのかもしれない。

大興奮で顔の血色が良くなる私を見て、姉も恥ずかしそうにはにかんだ。

「ノンノの参考になったら嬉しいわ」

「ありがとうございます、マーガレットお姉様！　お姉様大好きっ！　世界一のお姉様！」

「うふふ、私もノンノが大好きですよ。あなたがバギンズ伯爵家へお嫁に行ったら、とても寂しくなるわねぇ……」

姉の言葉を右から左に聞き流し、私はストールの中から姉の本を取り出した。

「お父様には見つからないようにね？」

それはなんと――ピーチパイ・ボインスキーの女性向け小説だった。

「恋愛の極意が分かる本ですよ」

嘘を吐け!!!

作者の私が恋愛のレの字も分からず右往左往しているというのに、この本から一体どんな極意が読み取れるというんだっ!!!

そんな悲しい出来事があった。

他にも、現在領地へ視察に行っている義兄（姉の旦那）から応援の手紙が届いたり。

侍女たちは大掃除の時にしか手を付けない箇所までピカピカに磨き上げ、その仕上がりを執事が入念にチェックしたり。

いつも市場でセクシー大根を見つけたら買ってきてくれる料理人や、御者や庭師まで妙に仕事に張り切っている。

しかも、私が廊下を歩くだけで、皆が微笑ましい眼差しを向けてくるのだ！

や、やめてよぉぉぉっ！

「ノンノお嬢様ったら、在学中にご求婚を受けるとはお熱いことで。きっと貴族学園には、バギンズ様よりも素敵な方がいらっしゃらないと、実感されてしまったのね」

「やっぱりバギンズ様とご結婚することになりましたね。絶対にそうなると思っていましたよ、俺は」

「まぁでも、長く待った方ですよね〜。なにせ十年もご交流がありましたし〜」

まるで幼い初恋を一途に温め続けた幼馴染カップルが、ちょっと気が早いけれど学生の間に婚約することになっちゃった♡　みたいなラブストーリーを勝手に想像しているよね？

全然違うよ？

アンタレスが私に対する恋心を自覚したのはつい最近だって言っていたし、私はまだ幼馴染から卒業するのにビビっているよ！

そう、ビビっている。ビビりまくっているのである。

実はもう三十分ほど前に、バギンズ伯爵家の馬車がジルベスト子爵家に到着している。

私は自室で待機しているのだが、家族はすでに客間でアンタレスやバギンズ伯爵夫妻と婚約に関する話し合いを行っているのだ。

あれか、「お嬢さんは必ず僕が幸せにします」みたいなことを、アンタレスがいま言っているかもしれないのか……。

「ふぅー……」

私はコルセットと大量のパッドによって寄せ上げられた不自然な胸の谷間に手を置き、気持ちを落ち着けるために深呼吸する。

普段はセクシー下着だけれど、正装の時はコルセットをしなければならないので、テンションが上がらない。

「アンタレス様相手に小細工など通用しませんわよ」とセレスティに訴えたのに、極厚パッドを三枚ずつ入れられたので、なんかもう胸部装甲って感じだ。銃弾でさえ、このギッチギチに固い綿の塊（かたまり）は貫通しないかもしれない。むしろ跳ね返せるのでは？

ちなみに私は、防御力の高いフルアーマーのイケメンより、それで本当に身を守れるのか怪（あや）しいビキニアーマーのお色気お姉さんの方が大好きである。

本日の服装は薄緑色の清楚なドレスだ。エメラルドグリーンの花の刺繍がいくつも付いている。たぶん母が趣味をかねて「アンタレス様カラーのお花を刺しちゃいましょ」と、刺繍を入れてくれたのだろう。

これがビキニアーマーだったら、どれほどテンションが上がっただろう。トレンドにならないかなぁ。健全乙女ゲーム強制力を倒さなくちゃ無理かぁ。

そんなことを考えながらウダウダしていると、セレスティが「旦那様がお呼びです」と呼びに来た。ニヤニヤ顔をやめてほしい。


シトラス王国の貴族の結婚は、政略結婚と恋愛結婚が半々である。

そして恋愛結婚でも、両家の承諾はちゃんと必要だ。

学園在学中や卒業後に夜会などで出会って恋人関係になると、お互いを両親に紹介する。両親のお眼鏡にかなうと、求婚の許可が下りる。そして両親立ち会いのもとプロポーズをするという流れなのである。

見届け人が必要ということなんだろうけれど、親の前でプロポーズを受けなくっちゃならないのって結構恥ずかしいよね……。うちなんて姉も立ち会う気満々だし。

まぁ私も、義兄が姉にプロポーズするときはガッツリ立ち会いましたけれど。

だって見たいじゃんねぇ？　人のサガだよ！

そして当事者になった途端、見られたくないのも人のサガですなぁ。

セレスティと共に客間へ向かうと、私以外の役者はすべて揃っていた。

いつも王城で朝から晩まで忙しく働いている父が、ぴしりと正装をして立っていた。

私は父が所属する部署についてはよく分からないのだけれど、国に流通する商品の監察を行っていると聞いたことがある。

穀物に粗悪品が混じっていないか、子供の玩具に危険はないか、商品の耐久性はしっかりしているか。そういったことを調べているらしい。

そんな働き者の父だが、今日はチョビ髭まで艶々と輝き、晴れの日を祝うような笑みを浮かべている。

私を見る眼差しは愛情に満ち溢れており、もうすでに嫁に出す心境なのか、瞳が若干潤んでいた。

「ノンノ、こちらにおいで」

「はい。お父様」

母と姉も、父のすぐ後ろに立ち、私に優しく微笑んでいる。

バギンズ伯爵夫妻も温かな雰囲気でこちらを見守っていた。バギンズ伯爵夫人は瞳を輝かせ、私と目が合うとすぐに満面の笑みを浮かべる。

そして、父に促されて移動した客室の真ん中には、ビシッとめかし込んだアンタレスが立っていた。

淡い金髪が輝き、エメラルドグリーンの瞳をとろけるように細めて、アンタレスは私を見つめていた。その両腕には、溢れんばかりの赤い薔薇の花束が抱えられている。

アンタレスが少し緊張の滲んだ声で、私の名を呼ぶ。

「ノンノ・ジルベスト子爵令嬢」

「……はい」

私の心は揺れている。それをもちろんアンタレスは読み取っている。

これが幼馴染の延長線上にある友達みたいな関係の夫婦なら、私だって悩まずにここに立てただろう。

恋愛……。恋愛ってなんなんだ。

スケベなことにばかり目が向いていたから、恋愛というものが全然分からない。

でも、そんなスケベ女子の私にも、分かっていることはいくつかある。

それは、アンタレスほど私を理解してくれる相手なんて、この世界にはどこにもいないということだ。

一緒にいても気後れしなくて、私らしくのびのびと存在出来て、「ありがとう」も「ごめんね」も、お互い躊躇わずに言える相手だということ。

私のことをちゃんと大切にしてくれると、信じられる人であること。

そして私も、アンタレスが恋心を込めて差し出してきたその手を、振り払いたくないと思ってしまうくらいに、彼が大切だということ。

「僕、アンタレス・バギンズは、あなたを心から愛しています。この先の人生をあなたと共に歩む幸福を、どうか僕に与えてください。――ノンノ・ジルベスト令嬢に結婚を申し込みます」

アンタレスが跪き、私に薔薇の花束を差し出した。

私に断る気がないことを読心能力で知っているはずなのに、アンタレスの瞳には懇願の色があった。

私は花束に手を伸ばす。

恋愛は全然分からない。アンタレスが望む恋情を本当に返せるのだろうか、という不安はある。

だけれどもう、どうでもいい。

アンタレスが男性として愛してって言うんだから、愛するよ。

好きか嫌いの二択なら、もちろんアンタレスが大好きだもん。

告白してもらえて嬉しいし。結婚だってきっと余裕、恋愛だってしてみようじゃありませんか。

腹をくくりましょう。

「求婚をお受けします、アンタレス様。私、ノンノ・ジルベストは、あなたを愛し、共に生きます」

私が花束を受け取ると、アンタレスは跪いた体勢のまま、力が抜けたように笑った。

外堀を埋めまくって囲い込んだ悪い男のわりには、可愛い笑みを浮べるんだから、もうっ。

ちょっぴり呆れた気持ちになりながらも、胸の内がぽかぽかする。

花束を左腕に抱えてから、右手をアンタレスに差し出す。アンタレスは私の手を取ると、ゆっくりと立ち上がった。

「これでもう、私に退路はありませんぞ、アンタレス君」

「うん。ありがとう、ノンノ」

恋も分からないのに、幼馴染が大切だという気持ちだけで、自分の人生を選択してしまった。

でも、アンタレスが傍にいない未来が想像つかないのだから仕方がない。

「僕にだって退路はないよ。ノンノしかいない」

アンタレスが私に顔を寄せ、そう呟く。

「どうか僕と生きて。僕を幸せにして」

プロポーズの瞬間よりも素のままの言葉でアンタレスが言うので、私も淑女の仮面を外して答える。

「もちろんだよ！　一緒に幸せになろうね！」

「うん」

アンタレスは可愛らしく笑った。

それからジルベスト子爵家とバギンズ伯爵家のみんなから祝福の言葉をたくさんもらって、私たちは幼馴染の関係から、婚約予定の恋人同士という形に変わることになった。

第七章　炎上

Chapter 7

「わぁっ！　バギンズ様から正式に求婚されたのですね!?　おめでとうございますっ、ノンノ様!!」

「ありがとうございます、スピカ様」

　私の目の前の席に座るスピカちゃんが、両手を合わせて祝福してくれる。

　スピカちゃんの表情は、背景に満開の花が咲いているみたいに眩(まぶ)しい笑顔だった。

　放課後の現在、私とスピカちゃんは学園のカフェテリアでお茶をしていた。

　昼休憩や授業の空き時間に大人気のカフェテリアも、この時間は人がまばらだ。おかげで中庭の景色を堪能(たんのう)出来ると人気のテラス席で、ゆったりとお喋(しゃべ)りが出来る。

　スピカちゃんも下級貴族なので、帰宅ラッシュに被(かぶ)らないように放課後は校内でのんびり過ごしているらしい。

　だから私たちは時々放課後に一緒にお茶をしたり、図書館で勉強をしたりと、仲良く友情を育(はぐく)んでいる。

　校内でえっちなことをしているカップルを探す時間は減ってしまったけれど、女の子同士の友情も良いものだ。

「では、ノンノ様とバギンズ様は、これからは婚約者なんですねっ！」

「いいえ、まだ正式には婚約者ではないんです。私は子爵家の娘なので、大聖堂で婚約誓約書にサインをして祝福を受ければ、それで婚約の手続きはすべて完了するのですけれど。アンタレス様は伯爵家の嫡男なので、その前に国王陛下からの承認が必要なのですわ」

「そうなんですね。上級貴族の婚約は下級貴族より手続きが多いのですね」

「陛下から承認が下りたら、あとは同じ手続きなのですけれどね」

やはり国の中枢を担う上級貴族の婚姻には、王家もちゃんと確認作業を行わなければならないのだろう。貴族の恋愛結婚も多い分、思いもよらぬ家同士が縁続きになってしまうこともあるので。

その点、ジルベスト子爵家とバギンズ伯爵家が縁続きになっても政治的問題はまったく出てこない。商業的には多少危険視されるかもしれないけれど。

我が家が統治するジルベスト子爵領は、山脈沿いの自然豊かな土地で、独自の生態系が築かれている。シュガーフラワーという非常に希少な花の大群生地があり、ジルベストハニービーという固有種がたくさん棲息しているのだ。前世的に言うと、天然記念物の宝庫って感じなのだろう。

領民たちは古くからその大自然の恵みを受けて、養蜂業を営んで暮らしている。

その蜂蜜があまりにおいしいので、大陸各国の蜂蜜品評会で最優秀賞を獲得しまくり、『世界で一番おいしい蜂蜜』の称号を得た。

現在では需要に供給が追い付かず、ジルベスト産の蜂蜜は大陸中で高値で取引されている。

バギンズ伯爵家はシトラス王国の貿易の要なので、「もしやバギンズ伯爵家は、ジルベスト産蜂蜜の販売を独占する気なのか!?」と、蜂蜜ファンから非難を受けることになるかもしれない。

もちろん、そんなつもりは毛頭ないのだけれど。ひとたび何かが起きれば、要らぬ勘繰りを受けるというのが人の世だからね。

私とアンタレスの結婚には、この先そういった苦労があるかもしれない。だけれど頑張って蹴散らしていこうと思う。

王家に関しては、毎年たくさんの蜂蜜を献上しているので、私たちの婚約に反対されることはないだろう。

私がそのようなことを話すと、スピカちゃんは真面目な表情で頷き、

「以前ノンノ様からいただいた領地の蜂蜜セット、本当においしかったですもの。食べ物の恨みはとっても怖いので、どうか気を付けてくださいね。私も微力ながら加勢いたしますからっ！」

と応援してくれた。ありがたや。

「大聖堂で祝福を受けた後は、親しい人たちを招いて婚約披露パーティーをするんです。スピカ様にも、招待状をお送りしてもよろしいでしょうか？」

「わぁ！　ぜひっ！　ノンノ様とバギンズ様の婚約披露パーティーに出席出来るなんて、とっても感激です!!　たとえ嵐になっても駆けつけますから、絶対に呼んでくださいね!!」

「嵐が来たら延期しますので、ご安心くださいませ、スピカ様」

「はいっ！」

そういうわけで、国王陛下の承認を待つ今は、私とアンタレスの関係は家族公認の恋人同士ということになる。

アンタレスと恋人同士……。恋人かぁ……。

前世から彼氏いない歴を更新し続けていた私が、ついに彼氏持ちの身になるとは。大人の女になったものである。

だが、アンタレスと恋愛をすると腹をくくったものの、具体的な対策はまだ思い浮かんでいない。最悪、恋人期間中にアンタレスに惚れなくても、結婚してしまえば健全乙女ゲーム強制力でラブラブ夫婦になることは分かっている。どうしたって結果はハッピーエンドなのだ。

だけれどどうせなら、アンタレスにちゃんと恋をしたい。

だって、アンタレスは読心能力持ちだ。いつまでも恋心に目覚めない私の心を読み続けることは、きっとすごくつらいことだと思う。

たくさんの人の心に傷付いてきたアンタレスのことを、私が原因で傷付けたくない。

シトラス王国が前世と同じ価値観だったら、体から始まる恋もありだったんだけれどなぁ。

……そうか、私は将来、アンタレスとえっちなことを本当にしちゃうのか。

アンタレスに告白されてから何度かそのことを考えてはみたが、確定事項となると、恥ずかしさいや、恥ずかしがるんじゃない、私！　ついに十八禁の暖簾が目の前にあるんだぞ、どうして尻込みするんだ、飛び込んじゃえよ!!　ドン・○ホーテでチラチラ視線を向けながらも、一度も近寄れなかった前世の悔しさを忘れただなんて言わせない!!　一体あの暖簾の奥には何があったのか!?　やっぱり鞭と赤いロウソク!?

　でも、でもっ、やっぱり無理ぃぃぃ!!　恥ずかしすぎるよぉぉぉ!!　うわあぁぁぁん、私の意気地なしっ、ヘタレぇぇぇ!!

　私がテーブルに頭をガンガン打ちつけて、煩悩を静めていると。

　レモンピールとホワイトチョコがたっぷりと入ったスコーンを食べていたスピカちゃんが、びっくりしたように蒼い瞳を見開いた。

「ノンノ様、どうかされましたかっ!?　もしかして、また体調でも……！」

「い、いえ、体調は大丈夫です……」

　今日も煩悩たっぷりで元気です。

「申し訳ありません、スピカ様。ご心配をおかけしてしまって」

「もしかしてノンノ様、なにか悩み事でもあるのでしょうか？」

　スピカちゃんは胸の前で両手をぐっと握り締めると、身を乗り出すようにして言った。

「私でよろしければ、なんでもご相談に乗りますよ！　悩み事は人に話すだけでも心が軽くなったりしますしっ」

アンタレスにどうやって恋をすればいいか、全然分からないんです。恋愛って何なんですか？

乙女ゲームのヒロインであるスピカちゃんにそう相談すれば、何かいい答えが見つかるのかもしれない。

けれど、すでにアンタレスと恋人同士だと思われている私が「恋が分からないんです」とか言いだしたら、スピカちゃんも困惑するよね？

それならどうして学生のうちに婚約しようとしているんだよ、って話になってしまう。

そこを伏せつつ、スピカちゃんから恋愛の極意を教えてもらえないだろうか？

私は思案する。

「悩みというほどではないのですけれど……。他の方はどんなふうに恋をして、婚約するのかな、と気になりまして。スピカ様には、そういったお話はありませんの？　お付き合いされている方とか、思いを寄せている殿方とか……」

「ふぇえっ!?　お付き合いをしている方なんていません!!　私にはまだ、そういうことは早いですっ!!　庶民から貴族になったばかりで、勉強しなくちゃいけないことがたくさんありますし、その……!」

うふふ♡　初心な女の子を観察するのは、実に楽しいわね？

セクシーノンノお姉様、こういうことって、とっても大好きよ♡

私は両手で頬杖を突き、いい女ふうに首を傾げてみせる。

「えぇー、でもぉ～、スピカ様ってとっても可愛いし～、モテると思いますわ～？　王子殿下やご令息たちとも仲良くされているって噂も聞きますし～？　そこのところ、どうなんですぅ？」

さぁ、吐け！　吐くんだスピカちゃん！

スピカちゃんは真っ赤な顔の前で、両手をパタパタと横に振る。

「皆様はとてもお優しくて紳士だから、急に庶民から貴族になった私を心配してくださっているだけなんです！　どなたも、そういう意味で私に接しているわけではないので……！　プロキオン様だって、私のことなんか全然眼中にないですし、そもそもグレンヴィル公爵家のご嫡男で、男爵家の私には手を伸ばすことも許されない天上人ですから……！」

「あらまぁ、スピカ様はグレンヴィル様が気になっていらっしゃるのですねぇ」

私の指摘に、スピカちゃんの顔はこれ以上ないほど赤くなり、『なんで分かっちゃったんですか!?』という表情で固まった。

読心能力を持たなくても、スピカちゃんの気持ちが分かっちゃいましたね。

「私、そういう意味でプロキオン様のことを気になっているわけではなくて……。だって私、恋なんて、まだしたこともないですし……っ。ただ……っ」

「うんうん、それでぇ～？」

「プロキオン様にっ、幸せになってほしいなって……っ」

スピカちゃんは下を向きながら、ぽつりぽつりと言った。

「あんなにお優しい人なのに、お顔にちょっとアザがあるからって、たったそれだけのことで皆から避けられていて。プロキオン様ご本人も、それを何とも思っていなくて。たぶん『寂しい』って気持ちも知らないくらい、ずっと独りでいたのかもって思うだけで、……もう何からも傷付いてほしくないって思っちゃうんです。私なんかが、そんなことを思うのも、烏滸がましいのですけれど」

――なんて可愛らしくて、清らかな想いなのだろう。

スピカちゃんは身分の差を弁えていて、公爵令息のプロキオンと一緒に生きていく未来を想像することさえしていない。

恋の自覚も薄いまま、ただプロキオンの幸福をいじらしく願っている。

話を聞いているこちらの方が、なんだか切ない気持ちになった。

「……たとえ恋ではなくても。スピカ様の気持ちは、とても優しくて素敵ですね。そう思ってくれる人がいるというだけで、グレンヴィル様も心強い気持ちになられると思いますわ」

「あ、ありがとうございます……」

照れているスピカちゃんを見つめながら、私は考える。

残念ながら、スピカちゃんの淡い恋心は、私の参考にはならないようだ。

スピカちゃんが呪い持ちのプロキオンに対して、これ以上傷付いてほしくないと願うのは、確かに恋だろう。

私も読心能力持ちのアンタレスに対して、同じように傷付かないといいな、守ってあげられたらいいな、とは思っている。

でも、スピカちゃんたちと違って、私とアンタレスは幼馴染だ。

ずっと一緒にいた相手の幸福と心の安寧（あんねい）を願うのは当たり前のことだろう。

私の〝これ〟は、恋とは呼べないものなのだ。


その後もスピカちゃんとお喋りを続けた。

プロキオンに貰（もら）われていった子猫の新生活を教えてもらったり、スピカちゃんの趣味のお料理の話を聞いているうちに、迎えの馬車が到着する時刻になったのでお別れした。

▽

恋とは何なのだろう。

どうすればアンタレスに恋をすることが出来るのだろう。

そんなふうに男に浮かれていた私は、大切にしていたスケベパワーを失ってしまった。

どうにか締め切りまでに書き上げた小説は、パンチラ一つ、ポロリの一つもないままに純愛路線を突き進み、もはや手の施（ほどこ）しようがなかった。

修復不可能な完成原稿を前に、項垂れているのは私だけではなかった。

私の小説を発行してくれている出版社の編集長、ライトムーン氏である。

王都商業地区にある煉瓦造りの出版社の一室で、原稿の束を前に項垂れる私たちは、まるでお通夜のような状況だった。

「どうしたんスか、ボインちゃん先生……。今回は『露出すればするほど霊能力が高まるヒロインが、悪霊によってラッキースケベの呪いをかけられたヒーローのために、バニーガール衣装で悪霊と戦う破廉恥ホラー小説』だって、打ち合わせで決めたじゃないッスか……。決め台詞の『私が破廉恥なことを考えている間は、悪霊は人間に近寄ることが出来ないの！　いくわよ、破廉恥フィールド展開！』も出てきてないし。これ、悪霊に呪われたヒーローをヒロインが救うだけの、ただの純愛ホラー小説ッスよ」

「誠に申し訳ありません……」

ちなみに、この世界でもバニーガール衣装は存在している。隣国の古い民族衣装の一種らしい。

私のことをこの世界で唯一『ボインちゃん』と呼んでくださる編集長にガッカリされるのは、とてもつらい。

読者は私のことを『ピーチパイ先生』や『ボインスキー氏』とは呼んでくれるが、憧れの『ボインちゃん』呼びをしてくれないのである。

ちなみにピーチパイは、アップルパイとかチョコパイとかと同じ、お菓子の名前だ。お菓子の名前のはずなのに、なんだかとても破廉恥に聞こえるので、とても気に入っている。桃のようなピチピチおっぱい、という意味だと思った人は全員スケベに違いない。

ライトムーン編集長は原稿から顔を上げると、「……分かりました」と重々しく頷いた。

「やっぱりボインちゃん先生も、発行禁止処分がつらかったんスね」

「え？」

「だから、いつもの実力が出せなかった……。すみません。作家さんのメンタルケアを怠った俺の責任ッス！」

私がスケベパワーを失ったのは、アンタレスとの関係を悩んでいたからで、発行禁止にショックを受けたせいじゃない。

発行禁止が通達されても、『プリンプリン・シリスキー』に名前を変えるとか、隣国に亡命するとか考えていたくらいだし。

「この原稿は予定通り出版しましょう」

「よろしいのでしょうか、ライトムーン編集長？　破廉恥ではありませんのに」

「ボインちゃん先生がこの作品を出せば、世間に衝撃が走ります。あのボインちゃん先生が言論弾圧を受けて真面目な本を出版したなんてなったら、市民団体だって動かせますよ。俺にもツテがありますし！」

「市民団体？」

そんな方々を動かして、一体どうしようというのか。

「ボインちゃん先生がボインちゃん先生らしい作品を書いてくださることを、読者はみんな待っているんスよ。それなのに発行禁止命令を出すなんて……。これはもう、ボインちゃん先生だけの問題じゃないんス。すべての表現者の問題として、市民団体に動いてもらいましょう！」

大袈裟すぎやしませんかね、ライトムーン編集長？

「それに何より、俺の愛する『トラブル学園桃色一〇〇％にようこそ』まで発行禁止にするなんて、許せねーッスよ！」

「……ありがとうございます、ライトムーン編集長」

何はともあれ、自分の作品を好きだと言ってくれる人がいることは嬉しいものだ。

私はライトムーン編集長に何度もお礼を言い、彼に原稿を託した。

▽

そして純愛小説発売日当日——の、午後の授業の間にある休憩時間のこと。

一人の男子生徒が教室に駆け込んできた。

「ボインスキー氏が死んだ……っ!!!」

私の本の発売日にはいつも必ず欠席しているスタンドレー侯爵家の三男坊が、今頃になって学園に登校してきたかと思えば、私の新刊を掲げてそう叫んだ。

彼がよく一緒にいる仲間たちが、

「何ごとでありまするか？」

「ボインスキー氏の作品に何かあった、ということでござるか？」

「死んだなどと滅多なことを言ってはいけませぬぞ、スタンドレー氏」

とか言いながら、三男坊の周囲にゾロゾロと集まってくる。

「皆の衆、どうか心して聞いてくだされ。今日発売されたボインスキー氏の作品が、なんと純愛小説だったのでありまする……!!」

三男坊の発言にどよめいたのは、彼の仲間だけではなかった。

教室で次の授業が始まるのを待っていた令息令嬢たちが、

「ボインスキー先生に、まさかそんなことが……！」

「この世の終わりでしょうか……？」

「ああっ、誰か嘘だとおっしゃってくださいましっ！」

と騒ぎだした。

へぇ、こんなに私の読者が隠れていたのか。

暢気にそんな感想を抱いていた私の隣の席の男子生徒が、突然、机の上をバンッ！　と激しく叩いた。

「何を下らないことを言ってるんだ、お前たちはっ!!」

隣の席の男子生徒は、モンタギュー侯爵家の嫡男である。

モンタギュー侯爵令息は、スピカちゃんと同じクラスの攻略対象者（こちらも侯爵家令息）の悪友という、モブの中でもわりと格上の存在なのだが、ソイツが急に怒鳴りだした。

「ボインスキー先生が純愛小説なんて書くわけないだろ!! あの御方は真の芸術家だ!! 天上の世界をお書きになられる神だ!! あの御方を侮辱するなら、この俺が許さない!!」

なんかすごいこと言いだしたぞ、モンタギュー。

攻略対象者の悪友でも、ボインスキーの本を読むんだな……。へへへっ、ありがとね。

荒ぶるモンタギューの前に、スタンドレー三男坊がやってきた。

「お読みください、モンタギュー様。そしてご自身の目でお確かめください、神が亡くなられたことを」

先程までの謎の口調をやめた三男坊は、私の新刊をモンタギューに差し出した。

モンタギューは怒りに震える手で新刊を受け取り、すごい早さでページを捲り始めた。速読だろうか？ さすがは格上のモブ、スペックが高いなぁ。

ページをどんどん捲っていくうちに、モンタギューの顔色が変わった。怒りに赤らんでいた顔が、見る見るうちに青ざめていく。

「そんな」「まさか」「ない、ないぞ」「ヒロインの下着の描写一つないなんて……」モンタギューは、最後には呆然とした表情で本を閉じた。

「なぜ……、なぜ神はこのような作品を書かれたんだ……？　ボインスキー先生から俺への、『神々からの試練』だろうか……？」

「神のお心は分かりませんが、ただ一つだけ分かっていることがありますよ、モンタギュー様」

三男坊がニヒルに微笑んだ。

「僕ら凡人は神が与えた試練の前に、ただ右往左往するしか出来ないということです」

「そんな……っ」

「待ちたまえ、きみたち」

二人の茶番に、また別の人物が割り込んできた。

これまたモブの中でもさらに格上の存在、王太子殿下（攻略対象者）の側近であるリリエンタール公爵令息が、こちらに歩み寄ってきた。

彼は『白百合(しらゆり)の貴公子』という二つ名を持っていて、我々モブの中でかなり優遇されている。

「まだ、我々にも出来ることがあるはずだ。ボインスキー先生のいくつかの書籍に、発行禁止命令が出されたと聞いている。きっと先生は国からの圧力に屈し、今までのような素晴らしい本を出版することが出来なくなってしまったのかもしれない」

「そうか、発行禁止命令のせいだったのか!!」

「なんと非道な……！　おいたわしや、ボインスキー氏……！」

「ボインスキー先生が動けないのなら、我々上級貴族が動こう。国に発行禁止命令の取り消しを求めようじゃないか」

「モンタギュー侯爵家も動きます、リリエンタール様！」

「我がスタンドレー侯爵家もです！」

「ありがとう、二人共」

ライトムーン編集長が市民団体を動かすって言っていたけれど。

目の前でもっとすごい権力が集結しだしているのですが、どうすれば？

作者である私（子爵家）すら吹き飛ぶほどの、ドデカイ権力なんですけれど。

ビビり始めた私の前で、更なる権力者が名乗り出た。

「リリエンタール様、我がノース公爵家も協力させていただきますわ」

『レモンキッスをあなたに』で、唯一(ゆいいつ)スピカちゃんの恋敵(こいがたき)として登場する公爵令嬢、ベガ・ノース様が立ち上がった。黄金の縦(たて)ロールが、彼女の背中でファサッと揺れる。

ベガ様は王太子ルートに出てくるライバル令嬢で、スピカちゃんと正々堂々戦う努力家だ。

そしてスピカちゃんがハッピーエンドに辿(たど)り着くと、涙を浮かべながらも王太子とスピカちゃんを心から祝福する役である。

健全乙女ゲームなので、恋敵さえ悪役ではないのである！

このクラス、攻略対象者は一人もいないけれど、モブを寄せ集めすぎじゃない？　私からして、ある攻略対象者（アンタレス）のトラウマ製造機だし。

そんなことを考えていた私に、ベガ様が突然声を掛けてきた。

「ノンノ様、あなた、お父様から何かお聞きになっていないかしら？」

「私の父がどうかしたのでしょうか、ベガ様？」

「王立品質監察局局長であるジルベスト子爵が、ピーチパイ先生に発行禁止命令を出されたでしょう？」

なんですと⁉

父の仕事は、市場に流通している商品に粗悪品がないか調べることだとは知っていたけれど。出版物も対象だったのか？　監察する範囲、広くない？

そういえば姉が私の本を持ってきた時、「お父様には見つからないようにね？」と言っていた。

あれは『破廉恥な本を読んでいることがバレたらマズイ』という意味ではなく、『父が発禁命令を出した本を所持しているのはマズイ』という意味だったのかな、もしかして。

「ベガ様、ノンノ様はピーチパイ先生をご存じありませんので、お尋（たず）ねしても……」と、ベガ様の取り巻き令嬢がヒソヒソと言う。

知らなくはないんですよ？

めちゃくちゃピーチパイ先生を知っていますけれど、誰も私をスケベ話に交ぜてくれないじゃないですかー？

ベガ様は「あら、そうでしたの」と取り巻きに答えると、私に優しく微笑んだ。

「妙なことをお尋ねしてしまってごめんなさいね、ノンノ様。あなたもいずれ大人の女性になったら、知る機会が来るかもしれませんわ」

「はい、ベガ様」

みんな私の儚げな外見に騙されすぎだよ、と思いつつ、私はベガ様に頭を下げた。


まさか、私の真の敵が実の父親だったとはなぁ……。

私はかつて幼いアンタレスに対し、こう言ったことがある。

『アンタレス、たいへん残念なお知らせなのですが、他人と本気で分かり合えることの方が奇跡なんだよ。たいていの人とは、完全には分かり合えない。どんなに時間を掛けても、それが親兄弟だとしても』と。

その言葉がまさか十年の時を経て、自らに跳ね返ってくるとは思いもよらなかった。

深夜をとっくに過ぎてから帰宅した父を、私は玄関ホールが見下ろせる二階の廊下からひっそりと観察する。

食品から日用雑貨から書籍まで、多岐に渡って監察しなければならない父の顔は確かにくたびれていた。

執事に帽子を渡しながら、「これからまた忙しくなるよ。例の作家の件で、ついに市民団体が動き出してね……」と溜め息を吐いている。

ライトムーン編集長も、どうやら頑張ってくださっているらしい。

「お父様、おかえりなさいませ」

「ノンノ！　まだ起きていたのかい？」

階段を下りながら声をかければ、父は疲れなど吹き飛んだかのように満面の笑みを浮かべた。階段を下りきった私を優しく抱き締め、肩を叩く。

「いけないよ、ノンノ。あまり夜更かしはしないように」

「はい。すぐにお部屋に戻って、ベッドに入りますわ。お父様はこんなに遅くまでお仕事でしたのね。お疲れさまです」

「ありがとう。可愛い娘の顔を見たら、疲れが吹き飛んだよ」

「あまりご無理はなさらないでくださいね」

アンタレスがこの場にいたら「どの口が言うんだ」と、ドン引きしただろう。

私（例の作家）が父の疲れの原因なんだぜ。

「心配をかけてすまないね、ノンノ。だが、私はまだ戦わねばならないのだ。お前のように心優しい子供たちの健やかな精神を守るために……」

穏やかな顔付きだった父が、がらりと表情を変えた。

腹の底から湧き立つ怒りを抑えきれないというように、瞳が爛々と燃え始める。私の肩に置かれた両手がカタカタと震えていた。

「あんなに下品で、低俗で、野蛮で、淫らで、作者の底の浅い人間性をうかがわせる駄作など、この世から抹消しなければ……!!」

怒り狂う父を前に、私は真顔になった。

父は再び穏やかな表情に戻ると、甘やかす眼差しで私を見つめた。

「不健全なものは取り締まる。それが私の誇りなんだよ」

「お父様……」

下品で、低俗で、野蛮で、淫らで、底の浅い人間でごめんなさい、お父様。どうか親不孝な私をお許しください。

けれど少年主人公は、いつだって偉大なる父を乗り越えて強くなるものなんです。

私も心のほとんどに男子中学生を抱えて生きる者として、あなたを越える日がついに来てしまったのです、お父様。

「頑張ってくださいませ。私がいつでもお父様を見守っておりますわ」

応援するとは言っていないけれどな!

「ありがとう、ノンノ。さぁ、もう行きなさい」

「はい、お父様。失礼いたしますわ」

可哀想なお父様。いずれ上級貴族たちが、あなたの前に立ちはだかるでしょう。

あなたはその時、誇りを踏みにじられ、屈辱（くつじょく）に顔を歪（ゆが）めることになるのかもしれません。

だがしかし、それは仕方のないこと。

だって、この私、ピーチパイ・ボインスキー様に逆らったからだっ!!!

ふはははははっ!!!　お父様の骨は拾ってやるからな!!!

私は心の内で魔王のように高らかに笑うと、父の前から立ち去った。

▽

父が私の真の敵であったことを、アンタレスなら最初から知っていたのでは？　と思い、翌日学園で彼に尋ねてみた。

アンタレスは非常に驚いていた。

「お義父（とう）様は、僕たちの前ではお仕事のことを考えていらっしゃらないから、まったく気付かなかったよ。ああ、そうか、お義父様が発禁命令を……、なんて親不孝な娘なんだ、ノンノは……」

アンタレスはそう言って、自分の頭を両手で抱えて唸（うな）る。

きみ、すでに義理の息子面（づら）してないか？

アンタレスは相手がリアルタイムで考えていることは諦（あきら）めて聞き流しているが、深層心理や残留思念などをわざわざ探ったりしない。

能力を使わずに済むのなら、それが一番いいと思っているのだ。

だから今回のことも、本当に知らなかったのだろう。

「それで、私の本のために市民団体と上級貴族たちが動いてくれるらしいの」

「どこまで親不孝を突き進むつもりなの。世論と権力まで動かされたら、お義父様もきみへの発禁命令を取り下げなきゃいけなくなるじゃないか……」

「それこそが狙いだって」

「これ以上お義父様にご迷惑を掛けたらダメだよ、ノンノ」

「うんうん、分かってるって。最悪、私がお父様を養うし」

「きみの稼(かせ)いだお金で養われたら、お義父様が浮かばれないよ」

「どこの世界の父親も娘に甘いから、きっと大丈夫」

どうせ城勤めを辞(や)めても、ジルベスト産蜂蜜のおかげで金銭的な面では特に困らないのだけれど。

「ノンノ、そんな重大な話の後で悪いんだけれどさ」

少し持ち直したアンタレスが顔を上げ、私に一通の封筒を差し出してきた。

「来月、王城で隣国の使者を招いた夜会が開かれるんだ。だから僕のパートナーとして、一緒に参加してほしい」

「なんですと？」

王城での夜会など、子爵令嬢の私はデビュタントの一度きりしか参加したことがない。

それを気軽に来月とか言われても、ビビりの私はビビるのである。

「な、なんでそんな急に？　私は全然、王城に用事はないですよ？」

「いや、ノンノも用事があるんだよ。陛下と直接謁見して、僕たちの婚約を承認していただくことになったから」

「はぁぁぁっ!?」

陛下と謁見する!?

婚約の承認は書類審査だけじゃなかったの!?　最終面接まであるんですか!?

「陛下と直接お会いした方が、早くノンノと婚約出来るから。僕の両親が陛下の予定を押さえてくださったんだ。夜会の間の本当に短時間だけだから、安心して」

「短時間だけだからって、安心出来るわけないじゃん!?　この国のトップにお会いするのに!!」

「ドレスとか必要なものは一式贈るから。それに、結婚すればこういった機会は増えてくるから、慣れてほしい」

ゆくゆくはバギンズ伯爵夫人になることをアンタレスに約束した。これがその最初の試練だと言われてしまえば、出席しないわけにはいかないいか。

「……分かった。頑張ってみる」

「ありがとう、ノンノ」

アンタレスが甘く瞳を細めて笑う。

そんな愛情たっぷりの笑顔を向けてもらえて、嬉しいやら恥ずかしいやら、……なんだか申し訳ないやら。

こうやって恋人や婚約者としての日々を積み重ねていけば、私の心もちゃんと追い付いて、名実共にアンタレスの婚約者になれるのだろうか。

早く同じだけの熱量を持った気持ちを、アンタレスに返せたら良いのに。

「……ノンノがそう思ってくれるだけで、今は十分だよ」

アンタレスは優しくそう言った。

▽

「ではつまり、来月の夜会さえ乗り越えれば、ノンノ様とバギンズ様は正式に婚約者になるんですねっ？　少し気が早いですけれど、本当におめでとうございますっ!!　とんとん拍子(ひょうし)のご進展ですね!!」

「ありがとうございます、スピカ様」

今日の放課後は、スピカちゃんと図書館でお勉強である。

図書館には自習用に借りられる個室が複数あり、特に試験前は予約でいっぱいだ。

個室でお勉強だなんて、カップルがえっちなお勉強に利用していそう！　と、私は入学以来ずっとわくわくしているのだが、どの個室からもカリカリとペンを動かす音しか聞こえてこない、不思議な部屋である。

今は試験前ではないので予約が空いており、スピカちゃんと二人で個室を借りることが出来た。

そして勉強に対する集中が途切れたところで、夜会の話になったのである。

私としてはまだ気持ちが追い付いてない中の話で、混乱している。

婚約に関して憂鬱になりすぎると、アンタレスが傷付くと思うので、出来るだけ平常心に戻りたいのだけれど。アンタレスの告白からずっと、私にとっては怒濤の展開の連続で、なかなか心が休まらなかった。

「実は私も、同じ夜会でデビュタントをすることになりました。もしかすると会場でお会い出来るかもしれませんねっ！」

スピカちゃんがキラキラの笑顔で言う。

なんと、スピカちゃんも夜会に参加するのか。

「もうデビュタントをされるのですね、スピカ様。エジャートン男爵様もお喜びでしょう」

「支えてくださった皆様のお陰ですっ。もちろん、ノンノ様やバギンズ様のことも含まれていますよっ」

「まぁ、お役に立てて嬉しいですわ」

スピカちゃんのお役に立てた記憶は、あんまりないんだけれどな？

庶民から男爵令嬢にジョブチェンジしてからまだそれほど経っていないというのに、貴族に必要な常識やマナーをぐんぐん吸収していくスピカちゃんは、本当にすごいと思う。

「それで、どのようなドレスになさいますの？」

シトラス王国のデビュタントドレスは、白い色であることと、体のどこかに生花を飾ることの二つを守れば、デザインは自由だ。

私のデビュタントのときは「この世界にもミニスカドレスを流行らせたい！」と暴れてアンタレスに叱られ、結局家族が決めてくれたっけ。懐かしいなぁ。まぁ去年の話なのだけれど。

「……実はドレスをプロキオン様から贈っていただくことになりました。だから、どのようなデザインなのか、まだ知らないんです」

愛らしく頬を染めながら、スピカちゃんはそう答えた。

デビュタントのドレスを攻略対象者から贈られるとは、これはもしやプロキオンルートに入っているのでは？

さすがは乙女ゲームのヒロイン。本人は恋愛に対してまだ二の足を踏んでいるというのに、攻略対象者の方から迫ってきているぞ。

「まぁ、それは楽しみですわね！　では当日のエスコートも、グレンヴィル様が……？」

私が問いかけると、スピカちゃんはモジモジ照れながらも「はいっ」と答えた。

「男爵家の私なんかが、公爵家のプロキオン様と釣り合うわけがないって分かっているんです。でも、プロキオン様からお誘いされて、……どうしても断りたくなかったんです」

スピカちゃんの表情は、どこか大人っぽかった。

「たった一夜だけでも、あの御方のパートナーとして隣に立てたなら、私はその幸福な記憶だけでこの先をずっと頑張っていけるような気がするんです。だから私、マナーやダンスの猛特訓中なんですよ！　プロキオン様の隣に立っても恥ずかしくない自分になれるように。プロキオン様の記憶の中に、少しでも綺麗な私が残ることが出来たらと、そう思うのです」

スピカちゃんの話を聞いていたら、なんだか……打ちのめされてしまった。

私にはスピカちゃんのような可愛い恋なんて出来ない。

好きな人の視界に入るだけで喜んで、好きな人に相応しくなりたいと願い、素敵な女の子に成長するために努力をした経験なんて、私には一度もない。

だってアンタレスは、いつでも私の傍にいた。アンタレスの視界の中にいることは、私にとって当たり前のことだった。

素敵な女の子になろうとも思わなかった。心の声が聞こえるアンタレスの前では、破廉恥神ノンノどころか、暗黒神ノンノだって隠しようがなく、外側だけ素敵な女の子を装ったって何の意味もなかった。

アンタレスと幼馴染として面白おかしく過ごした日々を、今さら後悔するわけじゃない。後悔なんて絶対しない。

でも、スピカちゃんのように可愛らしい恋心をアンタレスにあげることが出来ない自分に、モヤモヤしてしまうのだ。

「……ノンノ様」

自分の考えに沈み込んでいると、スピカちゃんに呼びかけられた。

友達と一緒に過ごしているのに自分の世界に入り込んじゃうなんて、悪いことをしてしまったな。

そう思って顔を上げると、スピカちゃんはこちらがたじろいでしまうくらい真剣な表情をしていた。

「スピカ様？」

「やっぱりノンノ様、悩み事がありますよね？　この間お話ししてくださったこと以外にも、ノンノ様のお心を曇らせるような何かが」

スピカちゃんは華奢(きゃしゃ)な両手で、私の両手を優しく包み込んだ。

「私はノンノ様のことが大好きだから、いつも優しく微笑んでいてほしいです。私なんかじゃ頼りないかもしれませんけれど、相談してください！」

これはスピカちゃんが持つ、ヒロインとしての力だろうか？

彼女の澄んだ蒼い瞳に囚(とら)われて、肩の力が抜ける。

打ち明けてもどうしようもないと思っていた不安が、口からするりと出てきた。

「恋が、分からないんです」

一言呟（つぶや）いただけで、声が震えてしまう。

喉（のど）の奥がキュッと狭まり、泣く一歩手前の熱い痛みが宿る。

「アンタレス様と小さい頃からずっと一緒にいたから、アンタレス様のことが大好きだけれど、この気持ちが恋だなんて言えない。自信が、ないんです……」

「……私の目から見ると、ノンノ様はとてもアンタレス様をお慕（した）いしているように見えます。そういう不安を抱えちゃうところでさえ、ノンノ様は恋する乙女だなぁって思うのですけれど」

「でも、こんなのが恋だなんて……」

スピカちゃんがプロキオンを想うような、可愛い気持ちなんかじゃない。

「どうかご自分の気持ちを否定なさらないでください、ノンノ様」

どんどん沈んでいきそうになった私の気持ちを、スピカちゃんが掬（すく）い上げてくれる。

「私は恋をしたことがないので、どういうものが恋愛感情なのか分かりません。他の人がどんな感情のことを『恋』と呼んでいるのかも、よく知りません。でもノンノ様の恋は、ノンノ様自身が決めていいんだと思います。ノンノ様が『恋』だと思ったら、もうそれで」

「……どんな感情でも、私が恋と決めてしまえば、それでいいということですか？」

「はい！」

スピカちゃんは優しい笑みを浮かべる。

「恋は目に見えないものだから、きっとみんな違う形をしていると思います。そしてそれは全部正解なのだと思うんです。だからノンノ様がバギンズ様を想う気持ちを、最初から『恋じゃない』なんて否定しなくてもいいと思います」

スピカちゃんの話を、私はまだうまく呑み込むことが出来ない。

けれど心のモヤモヤを打ち明けたことによって、気持ちが少し軽くなっていた。さすがはヒロインである。

「スピカ様にお話を聞いていただいたら、スッキリしました。ありがとうございます」

「いえいえ！　私もノンノ様に強引に詰め寄ってしまいました。お力になれて嬉しいです」

「夜会が楽しみですね、スピカ様」

「はい。お互い素敵な夜になるといいですね、ノンノ様」

「ええ。頑張りましょう、スピカ様」

「はいっ」

スピカちゃんの優しい笑顔に勇気づけられて、私も自然と笑みを零(こぼ)していた。

第八章

夜会

Chapter 8

そんなこんなで、夜会当日。

なんかすごいドレスがアンタレスから贈られてきた。

まるで光を溶かして糸にしたみたいにキラキラと輝く金色のレース地に、エメラルドが星のように縫い付けられている。ドレスのデザインは私の儚げな外見に合わせて胸元の露出はまったくないが、背中から腰にかけてがフルオープンである。私のスケベ心をくすぐるニクいデザインに、思わず満面の困り笑みを浮かべてしまう。

嬉しいなぁ～、これなら儚なそうな私でもお色気お姉さんに近付けるドレスじゃん～！　さすがアンタレス～！

私の心の声を聞きまくって十年という歳月は、伊達じゃないね！

私はドレスの隠れスケベ度にニヤニヤしていたが、一緒にドレスを見ていた母と姉と侍女セレスティの反応は違った。

「まぁまぁまぁ、アンタレス様ったら、独占欲の強いドレスをお選びになったのねぇ」

「アンタレス様の髪と同じ淡い金色に、瞳の色と同じエメラルドがこんなにたくさん。ノンノは僕のものだと全面的に主張されていらっしゃるわ」

「ノンノお嬢様を本当に心から愛してくださっているのですね」

背中が丸出しですごくえっち～♡　って喜んでいたのに、皆からそんなふうに言われると途端に恥ずかしくなってしまう。

僕の女とか……。まぁ、アンタレスの女ですけれども！

あのアンタレスが独占欲とか……。まぁ、それに近いことは言われたりしたけれども！

全部事実なのに指摘されると恥ずかしくて堪らないのは、やっぱり私の恋愛経験値が低いからなのだろうか？

途端にモジモジしだす私に、母が声をかけてきた。

「さぁノンノ、すぐに支度に移りなさい。夕暮れ時にはアンタレス様が迎えにいらっしゃるのだから、とびっきり綺麗なあなたを見せて差し上げなければね」

「はい、お母様」

というわけで私は夜会の支度をするために、セレスティと共に浴室へと向かった。

夜会の支度という貴族令嬢の修羅場についてはサクッと割愛するが、セレスティの手によって私の身だしなみは完璧に整えられた。

アンタレスからドレスと共に贈られた靴やアクセサリーや扇子も装備し、背中開きドレス用の下着に抵抗虚しく大量のパッドを詰め込まれ、髪も化粧も整えられた私は、儚げ度が一二〇％アップした。

外見だけなら、穢れを知らぬ純情可憐な乙女である。

「お嬢様、バギンズ様がいらっしゃいましたよ。玄関ホールにてお待ちです」

セレスティからアンタレスの来訪を告げられた途端、心臓が大きく鼓動する。

急に先程の恥ずかしさがぶり返し、セレスティに返事をする声も小さくなってしまう。

みんなが言うとおり、『僕の彼女』って主張のドレスなのかな、これ……。王城の夜会のパートナーになるだけでも、十分恋人宣言なんですけれども。

あぁぁぁ、恥ずかしいぃぃ。逃げ出す気はないけれど、彼女面するのが恥ずかしいぃぃぃ。

アンタレスに対面する前からかなり赤面しつつ、自室から移動する。

玄関ホールには、ヘーゼルナッツ色を基調とした衣装を着こなすアンタレスが待っていた。

そう、私の髪と瞳の色である。

なんだよ～もぉ～、アンタレスも完全に彼氏面じゃん～！　めちゃくちゃ似合っているし！

アンタレスはこちらに振り向くと、エメラルドの瞳を一瞬見開いた。

そしてすぐに頬を薔薇色に染めて、私を甘く見つめてくる。

「すごく綺麗だよ、ノンノ。妖精みたいだ」

ジルベスト子爵家の皆に聞こえない声量で囁いてくる。

こそばゆいぃぃぃ。こそばゆいよ～、アンタレスぅ。

外側ばかりが順調に恋愛の形になっていく私たちの関係が、恥ずかしくてこそばゆくて、でも大事にしたくて。

暴れまくる自分の心に振り回されて、つらい。

「……ありがとうございます、アンタレス様。こんなに素敵なドレスを贈っていただけて、本当に嬉しいですわ」

「やっぱりそのドレス、よく似合っていますよ、ノンノ嬢」

「アンタレス様の衣装もとても素敵ですわ」

私の荒ぶる心の声が聞こえているくせに、アンタレスは平然としている。むしろデレデレに笑っていた。

私はただ黙って、差し出されたアンタレスの手を取る。

アンタレスは私の母と姉に挨拶をし、母から「まだ夫が仕事から帰っておりませんので、もしかしたら王城でお会い出来るかもしれませんわねぇ」と言われると「ぜひ、お義父様にもご挨拶がしたいですね」と返していた。

皆に見送られながらバギンズ伯爵家の馬車が出発すると、ようやく本音が言える。

「……このドレスって、やっぱり『ノンノは僕の女だぜ☆』ってやつですか？」

「きみの独特な好みに合わせて背中の露出は許してあげたんだから、それくらいの下心は笑って許してよね」

「……そちらのお召し物も『あなたはノンノのマイダーリン♡』って感じです？」

「僕たち、恋人だから」

「うわぁぁぁん！　恥ずかしいっ！　お付き合いするって、なんでこんなに心臓がバクバクすることの連続なの!?　いや？　アンタレスが告白してきた辺りから、ずっとだ!?　このままだと私の心臓が和太鼓になっちゃうよ!!」

「ワダイコが何かは知らないけれど。ノンノがそうやって僕のことをちゃんと男として意識しているのを見ると、本当に気分がいいよ」

アンタレス、浮かれてやがる……！

いつも私のスケベな言動に狼狽えていた可愛いアンタレスは、どこに行ってしまったのだろう。帰っておいで。今のアンタレスは、とても心臓に悪いよ。

だいたいなんで、告白した側のアンタレスの方が余裕を醸し出していて、告白された側の私が狼狽えてばかりなんだ。

ここは私の方がアンタレスを翻弄するべきではないのか？

「余裕ってわけじゃないけれどさ。ノンノが僕のことを、結婚前提の恋人っていう特等席に座らせてくれて、いつでも『僕の恋心ごと大事にしたい』って思っていてくれるから。その気持ちだけでも、充分満たされるんだ。僕はきみに、とても幸せな片思いをしているんだと思う」

「は？　アンタレスのことを雑に扱うわけないでしょ？」

「……うん、ありがとう」

ふにゃっと笑ったアンタレスが、私の髪に手を伸ばす。

セットが乱れないように優しく触れ、アンタレスはそのまま私の髪に口付けを落とした。

「ふぁぁぁっ!?」

アンタレスったら!!　毎回毎回、手が早いんだから、もぉぉぉ!!

顔を真っ赤にして、池の鯉みたいに口をパクパクさせることしか出来ない私に、アンタレスは熱い眼差し（まなざし）を向ける。

「僕はずっと幸せだよ、ノンノ。きみに出会えて、幼馴染として過ごせて、そしてきみの全部を愛（いと）しいと心からそう思える。そしてノンノはそんな僕をまるごと受け入れて、一生懸命応（こた）えようとしてくれている。これがどれだけ幸運なことか、僕はちゃんと理解しているんだ。――大好きだよ、ノンノ」

……私も。

私もアンタレスが大好きだよって、ここで同じ温度の恋心を持って、アンタレスの言葉に返事をすることが出来たらどれほどいいだろう。

でも、これが恋愛感情なのかどうか、やっぱり自信がないよ。

スピカちゃんは自分で決めていいって言ってくれたけれど。

だって、ずっとずっと一緒にいて、ずっとずっとアンタレスが大好きなまま成長してしまった。

この〝大好き〟を恋と認めてもいいのか、全然分かんないよ。

しょんぼりしてアンタレスを見上げれば、アンタレスは本当に幸せそうに微笑んでいた。


王城の中はたくさんのシャンデリアや蠟燭(ろうそく)に灯(ひ)が点(とも)り、乳白色の石材で造られた壁や柱がつやつやと光り輝いていた。所々に飾られた歴代の王族たちの肖像画や甲冑(かっちゅう)が、さらに城内の厳(おごそ)かさを増していた。

王城は私にとって、デビュタント以来の場所だ。

周囲のご婦人の胸元の開いたドレスに目を奪われる余裕もなく、心臓がバクバクと音を立てる。

足元に敷かれた絨毯(じゅうたん)とかめちゃくちゃ高級そうなんだが、この上をヒールで歩くことさえビビるので、せめてスリッパとか履(は)きたいですね。

小動物のように周囲を警戒してプルプルしている私を、アンタレスがエスコートをしているふうを装(よそお)いながら引っ張ってくれる。とてもありがたい。

夜会が開かれる大ホールに向かって引っ張られていくと、廊下の途中で、我が打ち勝つべき敵である父を見つけた。

「お父様！」

「おや。ちょうど会えたね、ノンノ、アンタレス君」

「こんばんは、お義父様」

父は両腕に大量の書類を抱えていた。

なんの書類だろう、と私が視線を落とすと、父は悪鬼のような表情を浮かべた。

「市民団体から届いた署名だよ、ノンノ。このまま暖炉の焚き付け用のクズ紙に出来れば、どれほどいいか……っ!!」

ああ、ライトムーン編集長が動いてくれているやつか。なるほど。

隣に立っているアンタレスは父の心の声を読んで、とても青ざめた表情をしている。嫁と義父のどちらに味方すべきか、悩んでいるようだ。

もちろん嫁の私だよね、アンタレス？　愛してるって言っただろ、アァン？

私がアンタレスに愛の恐喝を行っていると、背後から大量の足音が響いてくる。

夜会の参加者だろうと思って振り返れば、そこにいたのはベガ様、リリエンタール公爵令息、モンタギュー侯爵令息、スタンドレー侯爵家三男坊といった上級貴族のクラスメートたちであり、最終兵器モンスターペアレンツを伴って集まっていた。

集団の先頭にはリリエンタール公爵様が立ち、我が父に相対する。

「おやおやこれはこれは、ジルベスト子爵殿……いや、王立品質監察局局長ではありませんか？今夜は実にいい夜ですなぁ」

「……リリエンタール公爵閣下、ご機嫌よう。本日の夜会に出席されるのですね。どうぞお楽しみください」

「我々は夜会には少し遅れる予定なのですよ、局長。国王陛下にもすでに話は通してあります」

「隣国の使者を招いた夜会に、我がシトラス王国の上級貴族の方々が遅れるのは、如何なものなのでしょうか？」

「事は急を要することだと、隣国の皆様にもお伝えしてありますので。出来るだけ穏便に済むように、我々にご協力してくださるでしょう、局長？」

「……しがない子爵の私に、一体何をお求めになるというのでしょうか、公爵閣下。貴方様がその富と権力で手に入れられないものなど、ありませんでしょうに」

「それがねぇ、あるのですよ。局長にしか叶えられないことが。……部屋を用意させてあります。少しばかり話し合いましょう？」

「話し合いになるのならば」

「おや、手厳しい。ちょっとした芸術の話ですよ。耽美で心躍る、素晴らしき芸術の話を」

「耽美で？　心躍る？　……まさかそれは女性の性を小馬鹿にするような人間の屑が書いた小説のことではないでしょうね？」

「……さぁ、局長。こちらにいらしてください」

リリエンタール公爵は狐のような笑顔で父を見下ろし、父もまたどす黒い怒りの炎を瞳の奥に燃やしながら見返した。

わーぉ。今日が父VS上級貴族の日だったのかぁ！

父の敗北する姿をライブで見たいな～と思ったけれど、父が私とアンタレスに声をかけた。

「さぁ、ノンノとアンタレス君は夜会に出席しなさい。いいね？」

「……はい、お父様」

そして父はリリエンタール公爵たちのもとに歩み寄る。

ベガ様がこっそり私に向かって「悪く思わないでくださいね、ノンノ様」というような視線を投げ掛けたのを最後に、全員が去っていった。

全然悪く思ったりしないので、徹底的にやっちゃってください、ベガ様！

「ああ、お義父様……。子供の頃から良くしてくださったのに、不甲斐ない僕を許してください……」

「さぁ、夜会に行こうよアンタレス！」

罪悪感に項垂れてそのまま床にしゃがみ込みそうなアンタレスのことを、今度は私が引きずり、晴れ晴れとした気持ちで大ホールへと向かった。

意気揚々と大ホールに突入した途端、着飾ったたくさんの紳士淑女の姿が私の目に飛び込んでくる。

色鮮やかなドレスや宝飾品、吹き抜けの天井いっぱいに描かれた神々の世界の絵。会場のあちらこちらには豪華な花々が飾られている。王城の使用人たちが運ぶワインやカクテルは、グラスからして高級そうだ。隅の方に置かれたテーブルには、王城の料理人たちが腕を凝らした料理の数々が並び、目に映るすべてのものがあまりに煌びやかだった。

私は途端に緊張がぶり返してしまった。所詮ビビりなんてこんなものである。

「とりあえず、僕の両親と合流しよう。夜会が始まったら、陛下との会談になっているから」

「う、うん」

陛下と婚約について直接話し合うのはバギンズ伯爵夫妻で、私は一言二言挨拶をすればいいと事前に言われている。

無事にバギンズ伯爵夫妻と合流した私は、陛下が夜会の挨拶に現れる時間までとにかくバギンズ家の皆さんから離れないでいよう、と決心した。

だが、会場内でスピカちゃんとプロキオンを見かけた途端、心変わりした。

「アンタレス、スピカちゃんとプロキオンがあそこにいるよ！　緊張している私を、励ましてもらおうよ！」

「普通は逆じゃないの、ノンノ？　デビュタントのエジャートン嬢を励ましてあげなよ」

「じゃあ、励ましてあげて、励ましてもらおう！」

「はいはい」

バギンズ伯爵夫妻に一言断りを入れた後、二人のもとに突撃する。

スピカちゃんは私を見てパァッ！　とした表情を一瞬浮かべたが、すぐにお淑やかなご令嬢の微笑みに変わった。

ちゃんと周囲の目を弁えていて偉いね、スピカちゃん。

「ごきげんよう、スピカ様」

「ごきげんよう、ノンノ様！　とっても素敵なお召し物ですねっ」

「ありがとうございます。スピカ様のデビュタントドレスも、とても素敵ですね。よくお似合いですわ」

「えへへ、ありがとうございますっ」

純白のドレスとオペラグローブを嵌めたスピカちゃんは、天使のように愛らしかった。

そして胸元に飾られた生花は、彼女の瞳と同じ蒼い薔薇だった。

この世界では蒼い薔薇も存在しているけれど、やはり珍しいものなので高級品だ。

きっと、プロキオンが今夜のために取り寄せてくれたのだろう。出来る男である。

当のプロキオンは漆黒の衣装に身を包み、一つに結んだ長い黒髪に、彼の瞳と同じアメジストの髪飾りを付けている。そして胸元のポケットには蒼い薔薇を挿していた。

審美眼のある人が見れば、プロキオンの顔のアザなど欠点にならないほど、美しい姿だった。

「スピカ様にとって、今夜が良いデビュタントになりますように」

「はいっ！　頑張りますっ！　そしてノンノ様とバギンズ様も、国王陛下から婚約の承認をしっかりといただいてきてくださいねっ!!」

「……はい、そうですわね」

スピカちゃんは本当に市井育ちなのか疑問になるほどの気品に満ち溢れ、プロキオンの傍で幸せそうな笑みを浮かべていた。二人の間にはきっとプラトニックで清らかで可憐な恋の花が咲いているのだろう。

そうやってスピカちゃんたちと過ごしていると、国王陛下が壇上に現れた。

「今宵は素晴らしき賓客がおる。隣国サーニ皇国との同盟締結から十五年を記念して、第二皇子ウラジミール・ウェセックス殿下がいらしてくださった。皆の者、ウラジミール皇子殿下に礼を尽くすように」

「国王陛下よりご紹介にあずかりました、サーニ皇国第二皇子ウラジミール・ウェセックスです。サーニ皇国とシトラス王国の間に、これからも良い信頼関係が続くことを願っております」

国王陛下の隣に現れた隣国の皇子に、私の目は釘付けになった。

アンタレスの淡い金髪とはまた違う、ウェーブがかった黄色味の強い金髪が、肩まで垂れている。隣国の民族衣装は胸元が広く開いており、褐色の肌が覗いていた。凛々しく整った顔に大きなタレ目、その瞳はペリドットのような薄黄緑色で――めちゃめちゃエロい。

存在そのものが非常にエロい。ウェセックス第二皇子が少し首を傾けるだけで、首筋から色気がムンムン醸し出されている。

噂の女たらし皇子だ、この人――‼

理想のハーレム王子そのものといったウェセックス第二皇子にうっとりと目を奪われていた私は、まったく気付かなかった。

アンタレスが暗い眼差しで、私を凝視（ぎょうし）していたことに。


国王陛下とウェセックス第二皇子殿下の挨拶が終わると、バギンズ伯爵夫妻が私たちを呼びに来た。

「さぁアンタレス、ノンノさん、移動しましょう。陛下が面会してくださいますよ」

「はい、お母様」

「は、はいっ」

夜会会場の奥に用意された客間へと向かい、参列者からの挨拶を受けるのでお忙しい陛下がやってくるまで待機する。

心臓をバクバクさせながらソファに座っていると、ついに陛下が入室してきた。

バギンズ伯爵夫妻の動きに合わせて立ち上がり、私はしっかりとカーテシーをする。

「皆、楽にして良い。せっかくの祝い話の席に遅れてすまなかったな」

シトラス王国現国王陛下は、四十代半ばほどのイケオジである。

それもそのはず。攻略対象者である双子の第二王子リゲルと第三王子カノープスの実父であり、攻略対象者の中でもメインヒーロー扱いの、フォーマルハウト王太子の叔父なのだから。

国王陛下はフォーマルハウト王太子の父親である先王が早逝されたため、王弟であった彼が暫定的に王位を引き継ぐこととなった。

フォーマルハウト殿下は当時三歳で、まだ立太子をしていなかったという背景もある。まぁ、立太子していたところで、幼い彼を即位させても傀儡になる可能性が高すぎるし、いろいろと仕方がなかったのだろう。

だが、先王を深く尊敬していた陛下は、「私は仮の王でしかない。シトラス王国の正統なる統治者は我が兄の子、フォーマルハウトである」と言って、実の子ではなく、フォーマルハウト殿下を王太子に決定した。

リゲル第二王子には将来公爵位を与え、カノープス第三王子は大聖堂の神官長になることがすでに決定している。実の子が王太子の座を簒奪する可能性をも潰すという徹底ぶりだ。

ちなみにゲームでは三人共仲の良い王子で、双子はフォーマルハウトを兄と慕っていたので、気持ちの面でも問題はないのだろう。

そんな国王陛下からの期待の重さに苦しみ、葛藤する王太子をスピカちゃんが支えるルートがあるのだが、スピカちゃんのプロキオンラブっぷりを見るに、幻と消えそうである。

代わりにベガ様が頑張って、王太子を支えてくださるだろう。

そんなふうに生真面目な陛下なので、私とアンタレスの婚約に難癖などつけるはずがなく、温かく承認してくださった。

陛下は私とアンタレスに微笑みかけると、

「フォーマルハウトと同学年か。将来は夫婦として仲睦まじく支え合い、自領を守り、フォーマルハウトが統治するこの王国によく尽くしなさい」

などと、たいへんありがたいお言葉を掛けてくださった。

こうしてまた一歩婚約へと前進し、後は残すところ、大聖堂に婚約誓約書を提出して祝福を受けるだけになってしまった。


そのままバギンズ港の荷揚げに関する報告を行うバギンズ伯爵夫妻と陛下を残して、一足お先に客間から退室し、私とアンタレスは夜会会場に戻った。

ガチガチに緊張した体をほぐすために、ダンスを踊ることにする。

私たちは小さい頃から一緒にダンスの練習から本番まで何度もやってきたので、踊り慣れていた。

ダンスホールに出ると、お互いの足を踏むこともリズムに遅れることもなく、いつものようにくるくると回れる。

「あの……、アンタレス様？」

「…………」

――いつからアンタレスは、こんな状態だったのだろうか？

気が付くとアンタレスの目がヤバかった。

締め切り間際で徹夜を繰り返している時の私の目より、おどろおどろしいことになっている。いつもはエメラルドのようにキラキラの瞳が、藻が大量発生した池のように濁っていた。

アンタレスに何かあったのだろうか？

陛下との面会中か？

何度も言葉でも心でも尋ねてみるが、アンタレスはひたすらムスゥゥゥっとした表情をして、答えてくれない。

こんなに不機嫌な様子の彼を見るのは、もしかしたら初めてかもしれなかった。

「アンタレス様、お気持ちはちゃんと声に出して伝えていただかないと、私には分かりませんわ」

「……拗ねているんだよ、僕は」

腰に回されたアンタレスの手に、ぎゅっと力が加わる。

「わっ」と驚きの声をあげた時にはすでに、私はアンタレスの胸元に凭れ掛かっていた。

アンタレスの衣装にお化粧が付いちゃう！　と私は焦ったが、「そんなことはどうでもいいよ」とバッサリと返された。

アンタレスが苛立ちに満ちた声を出す。

「陛下との面談のことじゃない。その前だよ。……そんなにあの女ったらしの第二皇子が、ノンノの理想の男性だった？　あんなに心を弾ませてさ。どうせ僕には、ああいった男性らしい色気はないよ」

「……アンタレス、それはつまり」

嫉妬では？

僕以外に色目使ってんじゃねーよ、ってやつでは？

そう思って見上げたアンタレスは、顔どころか首も耳も真っ赤で、苦々しい顔をしていた。

「……王城に着くまでは、結構余裕を持ってノンノの気持ちを待っていられたのに。今はなんだか全然駄目だ。僕、これ以上ノンノと一緒にいると、ひどいことを言ってしまいそう」

ひどいことって何？

「傷付いたりしないから言っていいよ」

「……でも、不快に思うかも」

「口には出さないように努力するから」

「…………人の心は自由だ。本当に、思うだけなら、どんなことだって、誰もが許される自由なんだ。けれどノンノ、きみが僕以外の誰かに心をときめかせるのだけは許せない。悲しくて苦しくなるんだ。きみの心だって自由であるべきなのに」

浮気なんかじゃない。

憧れの芸能人を外出先で見かけて黄色い悲鳴をあげるのと同じ、ミーハーな感情だ。

そんなものに嫉妬されても、私には答えようがない。

そして、そんなことはきっと、アンタレスも百も承知だ。

百も承知なのに、アンタレスは読心能力のせいで私の浮(うわ)ついた心の声を読み取って、自分の心をざわめかせてしまうのだ。

「ごめんね、アンタレス」

ハーレム王子にときめいたことを謝りたいのではない。

こういう時にすかさず「私が愛しているのはアンタレスだけだよ」って、自分の気持ちに確信を持って言えないことに、私は謝ってしまう。

「……僕もごめん。少し頭を冷やしてくるよ」

ダンスが終わると、アンタレスは暗い表情でテラスの方へと歩いていった。一人になりたいのだろう。

私は仕方なく食事テーブルの方に向かい、飲み物を貰(もら)う。

やっぱり、こんなあやふやな気持ちのままでアンタレスの傍にいるのは、本当に良くないよね。

誤魔化せる相手ではないし、私はアンタレスには誠実でいたいのだ。

一体どうしたら、私はアンタレスに恋が出来るのだろう。

うーんと唸(うな)りながらグラスを傾けていると、突然、横から声をかけられた。

「こんばんは、迷子の子猫ちゃん☆　一人ぼっちでどうしたんだい☆？」

黄色味の強い金髪、薄黄緑色の瞳、褐色の肌、そしてものすごくスケベそうな美貌――隣国のウラジミール・ウェセックス第二皇子殿下が、いつの間にか私の横に立っていた。

はわわわわわ！　なんて女好きオーラなの!?

近くで見ると、はだけた衣装から胸筋も腹筋もチラチラ見えて、ムキムキだぁぁ！　スッケベエエエ!!

私は思わず頬を赤らめ、ウェセックス皇子を舐め回すように見てしまった。

皇子もそんな視線には慣れているのか、「ふふふ、イケナイ眼差しだね☆」と柔らかく微笑んだ。

もう皇子の声まで、輝いて聞こえるよ？

「ここに立っていても子猫ちゃんの足が疲れるだけだよ☆　僕の休憩室へおいで☆　すぐそこなんだ☆」

「え、いえ、恐れ入ります、ウェセックス皇子殿下。私は今、パートナーを待っておりますので……」

「可愛い子猫ちゃんをこんなところで一人ぼっちにさせるなんて、きみのパートナーはイケナイ男だね☆　少しくらい、はぐれて焦らしておやりよ☆　大人の恋には、いつだってちょっとしたスパイスが必要さ☆」

「いいえ、ここで彼を待ちますので、お気遣いなく……」

「僕の休憩室にはここよりおいしいものもあるし、トランプもボードゲームもあるからさ☆　それ

に心配しないで☆　子猫ちゃんだけじゃなく、美しい女の子たちが他にもたくさんいるから……ね☆？」

「美しい……、女の子たち……」

思わずゴクリと喉が鳴る。

え、え、それってもしかしてハーレム？

本物のハーレムが見れちゃうの？

うへへへへ……。

思わず惑わされそうになった私に、きっと隙が出来てしまったのだろう。

ウェセックス皇子はさっと私の腕を取ると、「おいで、迷子の子猫ちゃん☆」と優しく微笑んで、足を進めていく。

なんだこれ。抵抗しようにも、足を踏ん張ることが出来ない。

女たらしのエキスパートは、女性の体から力を抜く技も心得ているのだろうか。なんかツボでも押しているのか。

アンタレス、今すぐ助けに来てよ～！

心の中で叫ぶが、アンタレスの読心能力の圏外らしく、彼の姿は現れない。

周囲の人たちも、女性を優しげにエスコートしているだけに見えるウェセックス皇子を見て、恭しく頭を下げて道を開けるだけだ。

これはもう、最終奥義・乙女の悲鳴を実行するしかあるまいよ。

同盟国の皇子相手に不敬極まりないが、この人についていって、これ以上アンタレスを悲しませるわけにはいかないもの。

私が悲鳴をあげようとしたところで、

「さぁ、ここが僕の休憩室だよ、子猫ちゃん☆」

本当にすぐに、皇子の休憩室へと辿り着いてしまった……。

▽

プロキオンのエスコートで会場内を歩いていたスピカは、視界の端に金色のドレスの裾が翻るのを見たような気がした。

スピカがそちらに視線を向けると、やはり大事なお友達のノンノの姿が見えた。

「あら？　ノンノ様が一緒にいらっしゃるのって、バギンズ様ではないような……？」

夜会の最初の方で壇上で挨拶をしていた隣国の皇子と、ノンノが連れ立って歩いている。

一瞬、ただ案内をしているだけかとも思ったが、スピカの目には違和感があるように映った。

ノンノはいつも儚げな表情をしていて、笑うときも困り笑顔にしか見えない少女だが、今の表情は本当に困っているように思えたのだ。

　ノンノと皇子はそのまま人混みに紛（まぎ）れ、姿が見えなくなってしまう。

「これってもしかしたら、一大事かしら……？　ノンノ様はとってもお綺麗だから、隣国の皇子殿下に見初（みそ）められてしまったとか……？　でもでもっ、ノンノ様にはバギンズ様が……。そもそもバギンズ様は今、どこにいらっしゃるのかしら？」

「スピカ嬢、どうかしたのか？」

　考え込んでブツブツと独り言を呟（つぶや）くスピカに、隣に立つプロキオンが首を傾（かし）げた。その際に黒い髪が揺れ、彼の精悍（せいかん）な顔付きを黒く侵（おか）すアザが周囲の目にハッキリと晒（さら）される。傍を通ろうとしていた老紳士が「ヒィッ!!」と叫んで逃げたが、いつものことなので、プロキオンはまったく動じなかった。

「プロキオン様！　バギンズ様がどこにいらっしゃるか、分かりますか!?　今すぐにお伝えしたいことがあるんです!!」

　スピカが必死の表情でプロキオンを見上げると、彼は無表情のままこくりと頷いた。

「ああ。見つけようと思えば、すぐに見つけられるが。私は視力がいい」

「では今すぐ見つけてください!!　お願いしますっ、プロキオン様!!」

「分かった」

▽

扉を開けるとそこは、――桃源郷だった。

「もぉ～、ウラジミール様ったら遅ぉぉぉい～！」

「私たちを放っておいて、どこに行ってらしたのぉ？」

「まぁ、可愛い～！　この子も拾ってきたんですかぁ、ウラジミール様ぁ」

「ひどーいっ！　私たちというものがありながら、また可愛い女の子を増やすなんて！　イケナイ御方ねっ」

おっぱい、おっぱい、おっぱい、いっぱい！

ボンキュッボンのナイスバディーなお色気お姉さんたちが、広い休憩室の中に十人はいるだろうか。

隣国の古い民族衣装であるバニーガール衣装を着て、お酒を飲んだり、ダーツをしたり、思い思いに寛いでいた。

ウェセックス皇子が入室した途端、お姉さんたちは一斉に立ち上がり、皇子の腕や上半身に絡み付いていく。そして皇子のスケベな胸筋や上腕二頭筋に、たくさんのおっぱいがぽふんぽふんと押し当てられていった。絶景かな。

「はっはっはっ、この子は迷子の子猫ちゃんだよ☆　恋人に放っておかれて、壁の花になっていて危険だったからね、ここに招いたんだ☆　皆、子猫ちゃんと遊んでおあげ☆」

さすがウェセックス皇子。お姉さんたちに絡み付かれても動じず、それぞれの頭を優しく撫でていく。やはり経験値が違うな。

「まぁっ、こんなに可愛い女の子を一人にするなんて、ひどい恋人ねっ。悪い狼に狙われたらどうするのかしらっ!? いいわ。今夜は一緒に遊びましょうよ、子猫ちゃん!」

「これ以上、女の子をサーニ皇国に連れて帰らないのでしたら、私はなんでも構いませんわ、ウラジミール様」

「ウラジミール様ぁ、こちらで一緒にトランプをしましょう?」

「ええ~、やっぱりダーツでしょ~? 賭けをしましょうよ。勝者は一晩ウラジミール様を独り占めってのはどう?」

「なにそれっ! 絶対、私が勝つんだからねっ!」

綺麗なお姉さんたちが動き喋る度におっぱいが跳ね、おしりがぷるんと震える。

そしてウェセックス皇子はハーレムの主に相応しく、女の子全員に優しく接している。

――これだ。

これこそが私が妄想し続けた、スケベの理想郷だ!!

このハーレム王子とお色気お姉さんたちなら、私はいつまでも眺めていられるよっ!!

私が感動でポーッとなっていると、ファビュラスなお姉さんとマーベラスなお姉さんが近くにやってきた。

ファビュラスさんとマーベラスさんは二人共皇国人らしい褐色の肌に、流れる銀色の髪が綺麗だ。お顔もすごい美人である。バニーガール衣装は彼女たちのために生まれたと言っても過言ではなかった。

しかも、近付くと超いい匂いまでする。もはや女神だ。

「さっ、子猫ちゃん、着替えましょう！」

「こちらの衝立の奥に衣装がありますわ」

ファビュラスさんとマーベラスさんが言う。

急に着替えの話をされて、ハーレム空間に感動していた私の目が覚めた。

「え、え？　突然着替えるとおっしゃられましても、私、一体何に着替えるのでしょうか？」

「決まってるじゃない。このバニーガール衣装よ！」

「ウラジミール様のプライベートなお部屋では、女性は全員この古代衣装を着用することが義務付けられておりますの」

「小さな女の子からおばあちゃんまで、全員の義務よっ！」

いやいやいやいやいや！　日本の着物のノリでバニーガール衣装着用を義務付けないでよ、ウェセックス皇子！　バニーガールのおばあちゃんってなんだよ！　おばあちゃんの体が冷えちゃうでしょ!?

困惑する私をよそに、ファビュラスさんとマーベラスさんは私を衝立の奥へと引っ張った。

そこには様々なデザインのバニーガール衣装がズラリと並び、大きな姿見やドレッサー、お化粧品の山があった。

「さっ。素敵なドレスだけれど、脱いじゃいましょ」

「ドレスはクリーニングしてお返ししますから、安心してくださいね」

にっこりと笑う二人に、私は戦慄した。

▽

僕は頭を冷やすために、開いた窓からバルコニーに出て、夜風に当たる。見上げた空には月が昇り、明るく輝いていた。

「なんでノンノに嫉妬をぶつけてしまったんだ、僕は……。紳士の風上にも置けない行動だぞ、アンタレス・バギンズ」

ノンノがウェセックス第二皇子殿下のような色男に弱いことは、子供の頃からずっと知っていた。

もちろん、ノンノが皇子に一目惚れするとは僕だって思っていない。

軽い気持ちで憧れを抱いただけだっていうのは、ちゃんと理解している。

そしてノンノが誰に憧れようと、それはノンノの自由であることも。

理解しているのに、……嫌なのだ。

ノンノにはいつも僕のことを一番に考えていてほしくて、僕のことで心をいっぱいにしていてほしくて、僕は駄目になる。

ノンノのことに関しては僕は本当に強欲で、自分でも嫌になるほどに底なしだった。

ノンノが、僕のことを異性として意識してくれているのに。

僕に恋愛感情をあげようと、あんなに一生懸命に頭を悩ませてくれているのに。

それがどれほど幸福なことか分かっているくせに、自分のほしい答えを『早く早く』と望んでしまう。

「なんて余裕がない男なんだろう、僕は……」

そのままバルコニーで項垂れていると、背後から見知った人の心の声が流れ込んできた。

『見つけた、バギンズだ』

『バギンズ様だわ！　ノンノ様のことを、早くお伝えしなくっちゃ！』

ノンノのこと？

慌てて顔を上げて振り返ると、案の定、グレンヴィル様とエジャートン嬢の姿が見えた。二人はバルコニーに向かって、急ぎ足で近付いてくる。

エジャートン嬢の心からは、さらに驚くべき情報が聞こえてきた。

『ノンノ様が隣国の皇子殿下に連れていかれちゃったって、教えて差し上げないと！』

は……？　なにそれ……。

▽

「いやぁっ、ダメですー!!」

嫌だ、脱ぎたくない……っ!

ファビュラスさんとマーベラスさんにドレスへと手を伸ばされかけ、私は悲鳴をあげていた。

だが、しかし。

「きゃあっ!」

「痛いっ! 子猫ちゃんのおっぱいが固すぎますわ!」

二人は私の胸部装甲で手を傷(いた)めてしまい、彼女たちの方がさらに大きな悲鳴をあげた。

「ああ、お二人共ごめんなさい……!」

ごめんなさい、ファビュラスさん、マーベラスさん……!

そしてありがとう、セレスティ!! 大量のパッドで作られた胸部装甲のおかげで、無理矢理ドレスを剝(は)ぎ取られずに済んだよ!!

「騒がしいけれど、何事だい☆?」

ウェセックス皇子が衝立の向こうから現れると、ファビュラスさんとマーベラスさんがすかさず皇子に抱きついた。

「子猫ちゃんのおっぱいがとっっってても固かったわ、ウラジミール様っ」

「ドレスの下に鎧を着込んでいらっしゃるみたいなんですの。変わった子猫ちゃんですわ」

「おや☆　それで手が腫れてしまったのか、可哀想に☆　痛かったねぇ☆　他の子たちに氷嚢を用意してもらって、それで冷やしなさい☆」

「はぁい、ウラジミール様」

「御前を失礼いたしますわ」

ファビュラスさんとマーベラスさんが去ると、ウェセックス皇子と二人で向き合う形になった。

ウェセックス皇子はスケベそうな眉を困ったように下げて、

「我がサーニ皇国の古代衣装は、子猫ちゃんのお気に召さなかったかな……☆？」

と、子供に語り掛けるかのように優しく私に問いかけた。

「そうじゃないのです、私は……！」

バニーガール衣装はめちゃくちゃ着たーい！

妄想の中でなら、何千回もハーレム王子のハーレム要員になったし、お色気お姉さんは私にとって永遠のアイドルだっ!!

……だけれど、出来ない。

妄想を現実にするのが怖いと思ってしまう。

それは、私がビビりだからという話じゃなくて、そんなことをしたら絶対にアンタレスが傷付くと知っているから。

大事な人の心をないがしろにする行為だと、分かっているからだ。

私は自分のスケベ心よりも、アンタレスの方がずっとずっと大切だ。

自分の欲望なんかよりも、ずっとずっと優先してあげたいの。

「私は……、アンタレス以外の男性に肌を晒したくありません……！」

涙がポロリと零れてしまう。

もう、私の中のこの面倒臭い感情の名前は『恋』でいい。今、そう決めた。

スピカちゃんの言う通り、恋の形には正解がなくて、自分で決めていいものなら、私の恋の正解はアンタレスでいい。アンタレスがいい。

私はアンタレスをちゃんと愛しているの。

「そうか☆　きみの恋人は幸せ者だねぇ☆　僕は恋のスパイスだなんて言って、余計なお節介を焼いてしまったね☆　ごめんね、子猫ちゃん☆」

「ウェセックス皇子殿下……」

「おや、なんだか廊下が騒がしいようだ☆　子猫ちゃんのお迎えが来たのかな☆？　思ったより早かったね☆」

ウェセックス皇子に言われて耳を澄ませると、確かに部屋の外が騒がしい。

皇子の休憩室なだけあって、扉の前にはたくさんの護衛が静かに待機していたのだが、いろんな人の話し声が聞こえてくる。

「誰か、扉を開けておくれ☆　もしかしたら子猫ちゃんの恋人が迎えに来てくれたかもしれないからね☆」

「はいはいはーい、了解ですぅ、ウラジミール様ぁ♡」

お色気お姉さんの一人がおしりをフリフリ歩き、扉を内側から開けた。

するとすぐさま、アンタレスが部屋の中へと駆け込んできた。

「ノンノ……っ！　怪我はない!?」

「アンタレス……」

急いで来てくれたのだろう。アンタレスの肌は上気し、髪が乱れ、額や首筋に汗が流れていた。

アンタレスは乱れた息を必死で整えながら、私のもとへと駆け寄ってくれる。

そして私のことを、ぎゅっと強く抱き締めてくれた。

私からもしっかりとアンタレスを抱き締め返す。

「どうして、ここに」

「……エジャートン嬢が、きみが皇子に連れられていったと教えてくれて。会場に残っていたノンノの残留思念を追いかけてきたんだ」

「そっか。ありがとう」

「すごくすごく心配したんだけれど……」

アンタレスはそう言いながら私の頬にある涙の跡を指先で拭い、ウェセックス皇子やバニーガールのお姉さんたちに警戒の眼差しを向ける。

しかし、すぐに全員の心の声を読んだようで、アンタレスは肩の力を抜いた。

「……大したことがなかったようで、本当に良かったよ、ノンノ。むしろ楽しんだ部分もあったようで……」

「本当にすみません……」

アンタレスは私の肩を抱いたまま、ウェセックス皇子に向き直る。

そして深く頭を下げた。

「ご休憩中に突然お部屋に押し掛けてしまい、たいへん申し訳ありませんでした、第二皇子殿下」

「いや、そこは気にしなくていいよ☆　子猫ちゃんを迎えに来なかった場合の方が、僕は怒っただろうからね☆　僕の方こそ、要らないお節介だったようでごめんね☆？　でも、こんなに可愛い子猫ちゃんから目を離したりしてはイケナイよ、坊や☆」

「肝に銘じます。僕の恋人がお世話になりました」

「皆、子猫ちゃんはおうちに帰るみたいだから、お土産をあげておくれ☆　子猫ちゃん、代わりの恋のスパイスをあげるから、ぜひ有効活用してくれると嬉しいな☆」

「……？　ありがとうございます、ウェセックス皇子殿下」

お姉さんからお土産の詰まった大きな紙袋を貰った私を、アンタレスは疲れたような眼差しで見つめている。彼は紙袋の中身が何か分かるのだろう。

……何をいただいたのだろう？

▽

私とアンタレスは廊下に出ると、皆さんにもう一度深く頭を下げた。

ウェセックス皇子とお色気お姉さんたちは「子猫ちゃん、バイバーイ、まったねぇ〜」と優しく手を振ってくださった。

ああ、さようなら、桃源郷。

さようなら、理想のハーレム王子様とお色気お姉さんたち。

もう二度と会うことは出来ないだろうけれど、私は絶対に忘れない。あの超いい匂いだったスケベ空間のことを。

——そして。

「あのね、アンタレス。探しに来てくれて本当にありがとう」

「……僕もごめん。くだらない嫉妬でノンノを一人にしてしまった。そのせいで第二皇子殿下にノンノが捕まってしまった」

「ウェセックス皇子殿下は一応、私を一人にしないように保護したつもりだったみたいだけれど」

「うん。心の声もそうだった」

「殿下がお優しい方で良かったよ」

「…………」

アンタレスが返答せずに黙り込むということは、腹にイチモツ抱えているタイプだったのかな、ウェセックス皇子。

「……アンタレス」

王城の廊下は静かで、夜会会場から流れてくる音楽がかすかに聞こえてくる。壁に掛けられた蠟燭の炎が橙(だいだい)色に揺れ、すぐ近くにある窓からは満天の星空が見えた。

私がアンタレスと繋いでいる手にきゅっと力を込めて立ち止まると、アンタレスも一緒に足を止めた。

「アンタレス」

一歩分先にいるアンタレスは、振り返ってはくれない。

でも、彼の耳の裏側やうなじが、蠟燭の灯(あか)りの中でも分かるほど真っ赤になっていた。

「私の心の声、聞こえているんでしょう?」

「〜〜〜っ」

ねぇアンタレス、大好きだよ。

ちゃんと男性として愛している。

私にとってあなただけが、世界でたった一人の特別な男の子なの。

「私のアンタレスに対する気持ち、全部、『恋』って名付けることにしたからね」

私の言葉に、アンタレスがゆっくりと振り返った。

真っ赤になって、涙目で、すごく可愛い。――そしてたぶん私も、あなたと同じ表情をしているんでしょう。

「愛しています、アンタレス」

「っ、僕も、……僕もきみを愛しているよ、ノンノ」

夜会の音楽はまだまだ途切れない。

幻想的な夜の光も、私たちの頭上できっと輝いたままなんだろう。

でも、私の耳にはアンタレスの温かな鼓動の音しか聞こえず、視界にはあなたの腕の中しか見えない。

アンタレスの温もりと香りに包まれて、ずっとずっと離れたくない。

そう思った途端にアンタレスが「僕もだよ」と低く呟き、私を抱き締める腕に力を込めた。

私もさらに強く、彼の背中にしがみ付く。

なかなか会場に戻らない私たちのことを心配したスピカちゃんとプロキオンが探しに来てくれるまで、私たちはしばらくじっと、お互いのかけがえのない体をただ抱き締め合っていた。

第九章　婚約

Chapter 9

今日は登校後にノンノから、『スピカちゃんとプロキオンに、昼休憩に一緒にランチを食べようって誘っておいたよ～』と伝えられていた。

ノンノも最初は、プラトニックな乙女ゲームにも、ヒロインのエジャートン嬢にも興味がないと言っていたのに、本当に仲良くなったものだ。

いつもの談話室で僕が先に一人で待っていると、最初に訪れたのはノンノだった。

ノンノは満面の困り笑みを浮かべると、「アンタレスっ」と弾んだ声をあげる。とてもご機嫌な様子だ。

彼女が僕の能力範囲内に入ったとたん、その理由が分かった。

『お父様が私に屈したぜ～！　ピーチパイ・ボインスキーへの発禁命令を取り下げたよぉぉぉ！』

「ノンノ……、きみという奴は……」

ガックリと肩を落とす。

罪悪感が角砂糖一個分しかないノンノより、僕の方がよほど胃が痛い。

なぜ、あんなに家族想いで、仕事に信念と情熱を持ち、正義感の強いお義父様の実の娘がノンノなのだろう。本当に分からない。

ノンノは昔、「私には前世の文化や価値観が根深く残っているからねぇ」と言っていた。本当にそのせいだとしたら、ノンノが前世で暮らしていた国は相当怪しい国だったのだろう。

ルンルン気分の彼女はテーブルの上に自分のランチボックスを置いてから、僕の隣の椅子に腰を下ろした。

「さすがのお父様も、上級貴族には勝てなかったねぇ。まっ、仕方がないよ」

「自分が直接手を下したわけじゃないから罪悪感が薄いのかもしれないけれど、すべての元凶であるきみが言っていいセリフじゃないよ、ノンノ」

「昨日の夜に、お父様の書斎の前を通ったら、『名だたる上級貴族たちをパトロンに持っているというのか、下劣なピーチパイ・ボインスキーめぇぇぇ!! 風紀を紊乱させるような汚物を世間に撒き散らすような輩は、この私が絶対に許さん!! 次こそ貴様の作品をこの世から葬り去ってみせる……っ!!!』って叫んでたよ。私のパトロンはむしろお父様なのにねぇ? 育ててくれてありがとう、お父様！」

「ああ、お義父様、おいたわしい……」

僕は思わず両手で顔を覆ってしまう。

ノンノのこんなに悪辣な面を見ても恋がさめないのだから、僕もたぶんどうかしている。

「でも、ノンノは今、純愛小説しか書けなくなっちゃったんじゃなかったっけ？」

ふと思い出して尋ねると、ノンノは首を横に振った。

「ううん。アンタレスのことに悩まなくなったら、脳内に思考スペースが戻ったみたいで、またスケベな小説が書けるようになったよ」

「良かったのか悪かったのか、……いや、全然良くはないね」

「それに、ウェセックス皇子殿下とお色気お姉さんたちに取材が出来たし、お土産にバニーガール衣装まで貰っちゃったから！　新作の構想がすごくはかどっているの！」

王城の夜会でのあの出来事は、ノンノの中で取材のカテゴリーに入ってしまったらしい。

……あの時、エジャートン嬢からもたらされた情報に、僕は本気で心配したのに。

ノンノの外見は色々と詐欺なので、もしかしたら第二皇子も騙されてしまったのかもしれない。

ノンノは小心者だから、第二皇子のペースに流されてしまったのかもしれない。

心配で堪らなくて、エジャートン嬢がノンノを最後に見かけたという場所から、ノンノの残留思念を追いかけ始めた。

自分からは滅多に使わない能力なので少し手間取ったけれど、ノンノのためだから頑張った。

途中から第二皇子の残留思念が混ざり始めたときは、本当に焦った。

隣国の第二皇子が女たらしであることは、シトラス王国でも有名な話だった。

第二皇子はノンノのことを心配して行動したみたいだったけれど、自分のテリトリーに移動したらどうなるかは分からない。

ノンノを口説くかもしれないし、ノンノだってさすがに心を揺らしてしまうかもしれない。

だってノンノは昔から、女遊びの激しい色男に侍る妄想も好きだったからだ。男遊びの激しい、豊満な体付きの美女になる妄想の次くらいに。

もしも第二皇子がノンノに手を出そうとするなら、彼の心を折ろう。

心の声さえ聞いてしまえば、僕はどんな相手の弱みだって握れる。

第二皇子相手だとしても、容赦はしない。女性関係や金銭問題、……皇室の秘密だって暴いてやる。

第二皇子が意外に清廉潔白な人間だったとしても、深層心理まで探れば、トラウマの一つや二つ見つかるはずだ。心の傷をえぐって、えぐって、ぐちゃぐちゃに掻き混ぜてやれば、廃人にするのも容易い。

ノンノのためならば、僕は大っ嫌いなこの能力だって、いくらでも利用してやる。

そんなドス黒いことを考えながら辿り着いた第二皇子の休憩室の様子が、――あれだった。

最初、泣いているノンノを見たときは肝が冷えた。第二皇子にどんな酷いことをされたのか。慌てて彼女の心の声を聞けば、――古代衣装の着用を拒んでいただけだった。

しかもその理由が、ハーレムに参加したら僕を傷付けてしまうだろうと考えてのことだった。

なにそれ、可愛い……っ！

僕は膝(ひざ)から崩れ落ちそうになった。

一応の用心として周囲の心の声も探ったが、僕が想像していたような最悪な展開は一つも起きなかったらしい。

古代衣装を身に纏(まと)ったたくさんの女性たちにしても、ノンノのことを一応は心配している第二皇子にしても、敵意はまったく見られなかった。一部の女性から『子猫ちゃんがウラジミール様に惚(ほ)れちゃって、サーニ皇国まで付いてきちゃったらどうしましょう。ウラジミール様は世界で一番素敵な御方だから、仕方がないのだけれど……』と、警戒されてはいたが。

そこでようやく、僕は肩の力を抜くことが出来た。

第二皇子が『泣かせてしまったお詫びに、サプライズプレゼントをあげよう☆ これで恋人との熱々な夜は間違いなしだよ、子猫ちゃん☆』と、古代衣装をお土産としてくれた時はどうしようかと思ったけれど。

ノンノは帰宅後にお土産の中身を確認し、たいそう喜んだらしい。

「胸部装甲を着けていたから、バストサイズが合わないバニーガール衣装を貰っちゃった！ だから今、お直しを頼んでいるの！ 早く完成しないかなぁ～♡」と、古代衣装が戻ってくるのを心待ちにしている。楽しそうで何よりだ。

あの場では人騒がせな出来事だと思ったけれど、今ではいい思い出でもある。

だって、ノンノが僕のことをちゃんと異性として愛してくれたから。

僕に対する感情はすべて『恋』と呼ぶことにすると、ノンノが言ってくれたからだ。

僕は他人の心の声が聞こえるこの能力を、ずっとずっと嫌ってきた。

神から、運命から、呪われているのだと思ってきた。

これからもこの能力は、僕を苦しめるだろう。何度でも嫌になるんだろう。

それでもノンノのためなら僕はこの能力を躊躇なく使うし、彼女の心の声を聞いて一喜一憂を続けるのだ。

そんなことを考えていると。

「ノンノ様！　バギンズ様！　たいへんお待たせいたしましたっ」

「失礼する。今日は昼食に誘ってくれて、ありがとう」

ちょうど、エジャートン嬢とグレンヴィル様が一緒にやってきた。

テーブルに四人で向かい合って座り、和やかなランチが始まる。

「そちらのお料理を全部、スピカ様が作られたのですか？　プロキオン様のランチボックスも？お上手ですねぇ。とってもおいしそうですわ」

「子供の頃から母に料理を教わっていたんですっ。もしよろしければ、ノンノ様もバギンズ様もお一ついかがですか？」

「まぁっ、嬉しいですわ、スピカ様！　ありがとうございます！」

『アンタレスの好きな肉巻きがあるよ〜』

ノンノが僕に笑いかけ、僕もエジャートン嬢に感謝を伝える。

そしてランチが終わってから、僕たちはエジャートン嬢とグレンヴィル様に婚約パーティーの招待状を手渡した。

今日彼らをランチに誘ったのは、このためだ。夜会では随分お世話になったので、二人にも婚約パーティーに参加してほしかったのだ。

エジャートン嬢は招待状を恭しく受け取ると、「絶対に参加しますっ！」と無邪気に喜んだ。

グレンヴィル様の方は無表情だったが、そのアメジスト色の瞳がキラキラと輝き、『初めて他人から、私的なパーティーの場に呼んでもらえた』と、ぽわぽわとした気持ちが伝わってきた。見かけによらず、可愛らしい御方だ。

「ノンノ様とバギンズ様のご婚約を早くお祝いしたいです！　とても楽しみですっ！」

「ありがとうございます、スピカ様。……私も」

『私もアンタレスの婚約者になるの、とっても楽しみだよ！』

ノンノの心が、僕にこっそりと語り掛けてくる。

ノンノの喜びも悲しみも、下品な妄想も狡いところも、僕にだけ注がれる優しさも。

きみの揺れ動く心のすべてを、傍でずっと聞き続けていたい。

それが出来るのなら、この能力を持ったことを、僕は少しだけ許せる気がする。

きみの心の声に溺れていたい。

どうか願わくば、人生の最後の日まで。

僕はノンノの耳元に顔を寄せ、「僕も同じ気持ちだよ」と小さく答えた。

▽

ついにやってまいりました、大聖堂〜！

シトラス王国王都にある大聖堂は、サン・ピエトロ大聖堂をモデルにしました的な巨大建造物なのだが、塗装にパステルピンクやアクアブルー、アクセントに黄金を使うという、ファンタジー仕様の外観をしていて、年々増築されている。

なんで増築が繰り返されているのかというと、単純に、崇める神々やら眷属やら精霊やらの数がものすっっっごく多いからだ。

シトラス王国初代国王陛下も神の血筋だという伝説もあるし、人間から神になったという話も聞いたことがある。たぶん毎年のように崇める対象が増えているんじゃない？

そんな大聖堂の一室で、本日、私とアンタレスは一枚の書類にサインをしていた。婚約誓約書である。

両家の家族と神官が見守る中、台座に置かれた上質な紙にサインをするのは、なかなかに緊張する。字を間違えていないか何度も確認してしまった。

白いローブを着た神官は、婚約誓約書を受け取って確認すると、厳かな口調で話し始めた。

「アンタレス・バギンズ様とノンノ・ジルベスト様の婚約誓約書を、シトラス王国大聖堂は確かに受理いたしました。ではこれより、神々による婚約の祝福を受けていただきます」

神官は黄金の輪がいくつも付いたロッドを掲げ持ち、私とアンタレスの頭上でゆっくりと振るう。

その場の空気を清めるようなジャランジャランという音が鳴り響いた。

すると、何もない空間から光の花の蕾がいくつもいくつも現れた。

光の蕾は、私たちの周りで一斉に花開く。

あまりにも幻想的な光景に、私は思わずポカンと口を開けてしまった。

《あらあら、今日のカップルはとてもお若いのね》

鈴を転がすような美しい声が、私の頭の中に直接聞こえてきた。

けれど視界に映るのは光の花だけで、声の正体は見えない。

私は驚いて周囲の人々の反応を確認してしまった。

アンタレスも驚いた表情を浮かべていたけれど、私を安心させるように頷く。神官や家族たちもそれぞれに『聞こえているよ』と示してくれた。私とアンタレス以外の人は、想定内という反応だった。

たぶん神々から婚約の祝福を受けるというのは、神々の降臨を示していたのだろう。

《シトラス王国の女神の一人である私から、あなた方二人に祝福を贈ってあげましょう。清らかな

二人の恋に、幸あれ》

ふわりと暖かな風が巻き起こり、全身を包まれた。光の粒子がキラキラと飛んで、光の花も一緒にくるくると舞う。とても綺麗な光景だった。

どこからともなく現れた一本の光のリボンが、私とアンタレスの腕に絡み付き、結ばれた。

前世で有名な『運命の赤い糸』ではないけれど、まるで私とアンタレスの運命ごと結ばれたような多幸感が、胸の内に沸き上がる。

自然とアンタレスと目が合い、お互いに笑みが零れた。

アンタレスのエメラルドの瞳がいつも以上にキラキラと輝いていて、彼も同じ気持ちであることが伝わってきた。

しばらくすると、光のリボンは空気に溶けて消えていき、光の花は風と一緒に、開いた窓から外へと吹き抜けていった。

女神の声の余韻だけを、その場に残して。

「これにて、アンタレス・バギンズ様とノンノ・ジルベスト様のご婚約が成立したことを、大聖堂は宣言いたします」

まるで夢みたいに不思議な体験が終わると、私とアンタレスの婚約が成立していた。

私たちは大聖堂から場所を移し、貸し切りにした老舗の高級レストランで、両家の親しい方々を招いての婚約披露パーティーを開催する。

レストランの控え室でパーティー用のドレスにお着替えしたけれど、今回用意してもらったドレスもすごい。

エメラルドグリーンのオーガンジー生地に、たっぷりの金糸を使った刺繍が入っており、『アンタレスの婚約者』という主張がめちゃめちゃ強かった。

聞いたところによると、バギンズ伯爵が他国から取り寄せてくれた貴重な生地に、バギンズ伯爵夫人と私の母が共同で刺繍をしてくれたのだそう。

縫製自体はお針子に任せたようだが、両家の協力なしには完成しなかったドレスらしい。ありがたや。

アンタレスもノンノカラーであるヘーゼルナッツ色の生地の衣装を着ていたが、前回よりもさらにパワーアップしていた。

カフスボタンやブローチに使われている宝石が、ブラウンダイヤモンドや琥珀などの茶系なのである。細部までノンノ推しらしい。

二人揃ってお互いの過激派ファンみたいな衣装で会場へ出ると、招待客たちが「わぁっ！」と歓声をあげて拍手をしてくれた。

ジルベスト子爵領から駆けつけてくれた姉の旦那や、王都に在住の親戚や、バギンズ伯爵家の取引相手の中でも特に親しい方々などに交じって、スピカちゃんとプロキオンの姿もある。

スピカちゃんは目が合うと、満面の笑みを浮かべて手を振ってくれた。

「ではノンノ、アンタレス君。婚約の品の交換を始めようか」

「はい、お父様」

「はい」

アンタレスは用意されていたリングピローから、婚約指輪を持ち上げる。

婚約指輪は、バギンズ伯爵領で採れる真珠の中でも最高品質と言われている『海の女神』と、いくつかのダイヤモンドが組み合わされたデザインだ。繊細でとても美しい。

「ノンノ嬢、貴族学園を卒業したら、僕と正式に結婚してください」

「はい。アンタレス様」

左手の薬指に婚約指輪を嵌めてもらい、私はニヤけてしまう。が、見た目は薄幸の美少女なので、儚げで寂しげな微笑みとしか皆の目には映らなかっただろう。

私からのお返しは懐中時計だ。

婚約の品としてはポピュラーな代物だけれど、男性がジャケットの内側から懐中時計を取り出す動きってとてもセクシーなので、アンタレスにもぜひ毎日五、六回やって見せてほしい。わくわく。

こうして婚約の品の交換が終わると、パーティーの参加者たちから再び盛大な拍手をいただいた。

私は調子に乗り、婚約会見をする芸能人みたいに左手を顔の横に近付けて、婚約指輪を見せびらかすポーズをしてみた。一度やってみたかったんだよね、これ。

「ご婚約おめでとうございます、ノンノ様!! バギンズ様!! 私、とっても嬉しくてうれしくて、大興奮ですっ!! 卒業後の結婚式もぜひ呼んでくださいねっ!!」

「婚約おめでとう、バギンズ、ジルベスト嬢。私まで婚約披露の場に呼んでくれて、ありがとう」

招待客への挨拶周りが終わると、スピカちゃんとプロキオンが話しかけに来てくれた。

「グレンヴィル様、エジャートン嬢、本日は僕たちの婚約パーティーにおいでくださり、ありがとうございます」

「スピカ様とグレンヴィル様が私たちの結婚式にも来てくださるなら、お二人に向けてブーケを投げますね！」

たぶんウェディングブーケはプロキオンがキャッチしてくれるだろう。黒騎士なだけあって、『レモキス』の攻略対象者の中で一番運動神経がいいから。

「……ノンノ様」

アンタレスとプロキオンが会話をしている間に、スピカちゃんがそっと私に近付き、耳打ちをしてくる。

「アンタレス様とのこと、無事に解決したみたいで良かったですねっ」

私の気持ちがちゃんと恋になったことを、スピカちゃんはすでに察していたらしい。

まだスピカちゃんには伝えていなかったのに、と驚いてしまう。

スピカちゃんは目を丸くする私を見て、いたずらっ子のように笑った。

「だってノンノ様のお気持ち、分かりやすかったですから！」

「そっ、そうですか……？」

スケベな妄想ばかりしている身としましては、なかなか衝撃的なお言葉なのですが。

これって、私のアンタレスへの気持ちについての話であって、スケベな性格がバレてるって意味じゃないよね？　違うよね？？

「私には最初から、ノンノ様とバギンズ様が運命の恋人同士に見えていましたものっ！」

ホッ……。スケベバレの話じゃなくて良かった。

たぶんスピカちゃんは、『攻略対象者が隠していたり、無自覚だったりする心の傷』を察する能力に長けているのだろう。そういうヒロインチートなのだ。

だから私が悩んでいたことにも気が付いたし、吹っ切れたことも察せたのだろう。私は攻略対象者どころか、ただのモブなので、ヒロインの手のひらの上なのだ。

「ご相談に乗っていただき、本当にありがとうございました、スピカ様」

私がお礼を言うと、スピカちゃんは、

「だってノンノ様は、私の大切なお友達ですものっ」

と、キラキラと微笑んだ。

ヒロインと友達になるつもりはなかったのに、人生とは本当に不思議だね。

それから招待客と楽しくお食事をしたり、ダンスを踊ったりと賑やかに過ごし、私とアンタレスの婚約パーティーは終盤へと差し掛かっていった。

「ノンノ嬢」

パーティー会場から少し離れた控え室で、セレスティにお化粧を直してもらっていると、アンタレスがやってきた。

セレスティの前なので、アンタレスの言葉遣いが貴族令息らしいものになっている。

「少し時間を貰えますか？」

「ん？　別に構いませんわ？」

招待客はそれぞれ楽しそうに会話に興じているので、私のお化粧直しの時間がもう少々伸びても平気だろう。

セレスティに、アンタレスと少しパーティーを抜けると伝えると、

「ノンノお嬢様、茂みに入らず、地面にしゃがみ込まず、ドレスを汚さないようにしてくださいませ。いいですね？」

と、釘を刺された。

ははは、セレスティったらやだなぁ、もう～。

えっちなことをしているカップルを発見したとき以外は、そんなことはしませんよ～。

私はアンタレスと恋人繋ぎをしながら控え室を出て、そのままレストランの中庭へと下りる。

今も、恋人繋ぎってとってもえっちな行為のような気がするけれど、慣れたというか、アンタレスに慣らされたというか……。

レストランの中庭には、丁寧に世話をされた薔薇が庭のあちらこちらに咲いていた。つる薔薇のアーチが特に見頃で、呼吸をするたびに肺の中が薔薇の芳香でいっぱいになる。

「ねぇ、アンタレス。ここの景色、とっても綺麗だよ。ベンチもあるから座らない？」

「いや、もっと他人の心の声が聞こえない場所がいい」

「相変わらず難儀だねぇ」

アンタレスに人目につかない場所まで連れていかれると、突然、正面から抱き締められた。

はわわわわ⁉　どうしたの、アンタレスっ⁉

ついに愛するがあまり欲望が先走って、私を襲っちゃうのか⁉　いやぁ～ん♡

いきなりのハグに焦る気持ちと、嬉しい気持ちで、私の思考回路はハチャメチャになる。

とりあえずアンタレスの背に腕を回し、ギュッと抱きつきながら気持ちを落ち着けよう。

そしてこの胸キュン体験をしっかりと味わわなくては‼　アンタレスへの気持ちを恋と認識した私は、ただ恥ずかしがっているだけの少女ではなくなったのである‼　目指せ肉食系女子‼

アンタレスは私のヘアスタイルが崩れないよう注意しながら、大きな手でゆっくりと髪を梳く。

前から思っていたけれど、アンタレスって、私の髪を触るのが好きだよね。

「ノンノの髪は柔らかくて大好きだよ。ずっと触っていたい」

きゃぁぁぁ♡　ずっと触っていたいとか、これって、十代男子の性欲というやつでは……っ!?

「いや。今日は他人の心の声を聞きすぎて疲れたから、ノンノの心を読んで回復しようと思っただけなんだけれど」

アンタレスはそう言った後、少し間を開けてから苦しげな口調で言う。

「……そんなに期待されるとさぁ、僕も、我慢の仕方が分からなくなるんだけれど」

チラリとアンタレスを見上げると、彼は恥ずかしそうに頬を染めながら、私を見下ろしていた。

髪を撫でていた手のひらが私の頰に添えられ、そっと顎を持ち上げられる。

はわわわっ、アンタレスの手つきが破廉恥だぁ……！

これはもしかすると、もしかして……っ!?

「……ノンノの心からは、いつも僕を受け入れる気持ちしか伝わってこなくて、僕の歯止めが利かなくなりそうで、怖い」

「えっちな話ですか？　えっちな話ですよね？　前世からドンと来いって気持ちで生きてきましたので、超絶楽しみです！　うへへへへっ！」

待ちに待ったファーストキスの予感に、羞恥心よりも、わくわくの方が止まらない。

わぁ～、キスって実際どんな感じなんだろう～？

「ノンノは男の怖さをまったく知らないから、その反応でも仕方がないんだけれどさ」

アンタレスは親指の腹で、私の唇にそっと触れた。

たったそれだけの接触なのに、首の後ろや背中が変にゾクゾクしてしまう。なんだこれ？

「待って、アンタレス、ちょっと待って！　なんか私、変だから……っ！」

喋っている間もアンタレスに唇を撫でられて、寒くもないのに体が震えてしまう。

いざファーストキス目前というところで、私は自分の体の未知なる反応の方に戸惑いが大きくなってしまった。

アンタレスもいつもとは全然違う雰囲気になってきて、だんだん怖くなってきた。

目付きが鋭いというか、なんかこう、生きたまま獣に喰われそうというか……。

「ア、アンタレスぅ……、あの、やっぱり次回で……」

「ノンノは一生、他の男の怖さなんて知らないでいいよ。ただ、僕の怖さだけは、身をもって受け止めて」

ビビリの私は土壇場で怖気づいてしまい、半泣き状態でファーストキスの延期を願った。だが、視界いっぱいにアンタレスの瞳のエメラルドグリーンが広がったと思った時には、私の唇はアンタレスの唇に塞がれていた。

これがファーストキスというやつか……！

嬉しくて、ドキドキして、ふわふわして、だけれどやっぱり背中がゾクゾクして、怖い。ぎゅっと目を瞑る。

アンタレスから額や手や髪にキスをされたことはあるけれど。唇同士で触れ合うのは、そのどれ

とも違っていた。

唇がこんなに柔らかく感じるなんて、初めて知った。

しばらくすると、アンタレスの唇がゆっくりと離れていく。

名残(なごり)惜しい気持ちもちょっとあったけれど、無事にファーストキスが終わってホッとした。まだまだ初心者だからね、うん！

「ノンノ」

ついに大人の階段を上っちゃった……♡　と安心した私は、至近距離でアンタレスに名前を呼ばれて、まぶたを開けた。

アンタレスはとろけきったえっちな表情で、私のことをじっと見つめていた。

あまりにも心臓に悪い光景だった。

「ねぇ、もう一回してもいい？」

「は、えぇ？」

「いいよね？　だってノンノの心から、本気で嫌だって声は聞こえない……」

アンタレスの唇が、ふにゅっと何度も繰り返し私の唇に押し当てられる。

ひぇぇぇっ⁉　『もう一回』って言ったのに何回する気だ、アンタレス⁉　突然、数字が数えられなくなっちゃったのかっ⁉

アンタレスの口付けは、どんどん大胆になっていく。

下唇に吸い付かれて、ちゅっ、ちゅっという微かなリップ音が耳の奥にハッキリと響いてきた辺りで、私の思考は停止した。

妄想以上のえっちなキスに、私はキャパオーバーになったのである。

「……ノンノ、ちゃんと息継ぎをして」

「は、ひぃ……」

深くなってくるアンタレスの口付けに、溺死しないようにするだけで精一杯だ。

体中が熱くて、ふわふわとして気持ちが良いのに、指先までゾクゾクした何かが走ってきて、涙が込み上げてくる。

逃げ出したいのに、背中に回っていたはずのアンタレスの手がどんどん下がってきて腰を撫でられると、もう全身に力が入らなかった。

「ごめん、ノンノ、もう少しだけ。『気持ち良い』って感じてくれるきみの心の声が、気持ち良すぎる……」

もはやヘロヘロで、アンタレスに凭れ掛かることしか出来ない私の額や頬に、まだまだキスが降ってきた。

アンタレス君や、きみ、実は私よりもとんでもねースケベではありませんか？　ムッツリだろ。

耳朶や首筋にも触れるだけのキスをアンタレスは繰り返し、合間に「ノンノ、大好きだよ、愛してる」と囁かれると、私は『もう、どうにでもしてくれ』、という心境になった。

そんな心境になったのが悪かったのか、アンタレスの手のひらが今度は腰から上にゆっくりと上がってくる。

脇腹やあばらをじっくりと撫で、もはや完全に調子に乗っているアンタレスが、私のささやかなおっぱいにドレス越しに口付けをしようとした——その時。

空から大量のキャンディーが降ってきた。

カラフルな紙に包まれたキャンディーは、私の頭や腕にバチン、バチンッと直撃する。

「痛いっ!! なにこれ急に!? シトラス王国も前世の世界みたいに、異常気象になってきたんですか!? 温暖化でキャンディー!?」

「ノンノ、僕の上着を頭から被って!! 早く室内に避難しよう!!」

大粒の雹のような威力で降ってくるキャンディーから逃れるために、私たちは急いでレストラン内に駆け戻った。

室内にいた家族や招待客は、突然駆け戻ってきた私とアンタレス、そして庭に降り注ぐキャンディーを見て、微笑ましそうな表情を浮かべる。一体どうして?

アンタレスは彼らの心を読んだらしく、急に真っ赤な顔になった。

「あのね、ノンノ」

「マーガレットお姉様?」

姉が私にそっと近付き、こっそりと耳打ちしてくれた。

「婚約期間中に、その、……あまり仲が良すぎることをすると、婚約を祝福してくださった神様から制止がかかるのですよ。これ以上のことは結婚してからにしなさいって。さっき急に空から降ってきたキャンディーは、そういうことなの」

はぁぁぁぁぁ!?　嘘でしょ!?

ムッツリアンタレスがドレス越しに私のおっぱいにチューしようとしただけじゃん!?　そこからアウトなの!?　厳しすぎやしませんかね、女神様!?

これだから健全乙女ゲームの世界ってやつは、もぉぉぉぉ!!!

アンタレスの方を見やると、私の父やバギンズ伯爵から「次からは神々に制止をかけられる前にやめるようにね」「誰しもが通る道さ」と、肩を叩かれていた。

招待客たちは、

「せっかくですので、庭に出てキャンディーを拾いましょうか」

「縁起の良いものですからねぇ。婚活に励んでいる甥にあげましょう」

などと言って、レストランの従業員から傘を借り、キャンディーが降る中いそいそと庭に出ていった。その中にはスピカちゃんとプロキオンの姿もあった。

なんということだ。婚約者になっても、キスまでしか出来ないなんて……!

ちくしょう、健全乙女ゲーム強制力めっ！　婚約者が出来たばかりでイチャイチャしたい盛りの女子を舐めるなよ！　この程度で諦めてやるもんかーっ!!

私が決意を固めていると、隣にやってきたアンタレスが「いや、結婚まで待てばいいから」と冷静に言った。

うるさい、ムッツリ！　どうせアンタレスなんか、セクシーノンノ様を前にすればすぐに我慢出来なくなるよ！

「そうだよ」

アンタレスは私の心の声に、きっぱりと返した。

「ノンノの言うゲーム強制力とやらは、僕の暴走からきみを守る素晴らしい盾（たて）だ。良かったね、ノンノ」

「……実はアンタレスが一番拗（す）ねてる？　イチャイチャ出来なくて拗ねてるの？　拗ねてるよね!?」

「ほら、僕たちもキャンディーを拾いに行くよ、ノンノ」

アンタレスはそう言って庭に下りる。すでにキャンディーは降り止（や）み、庭のあちらこちらにカラフルな包みが落ちていた。

アンタレスは葉っぱの上に載（の）っていたキャンディーを一つ拾う。

ピンク色の包み紙を開けると黄色いキャンディーがコロンと出てきて、アンタレスは仏頂面（ぶっちょうづら）のまま口へ放り込んだ。

「なんだ、レモンキャンディーか」

その言い方があまりにも不機嫌で、私はニヤニヤしてしまう。

「うふふふ！　私とえっちなことが出来なくて、ムッツリアンタレスが拗ねてる～！」

「……結婚したら覚えてなよね、ノンノ」

「きゃー♡　アンタレスのえっちぃ～♡」

前世では十八禁を見ることも叶わなかった私だけれど。

どうやら現世では、アンタレスとのめくるめくえっちな体験が、この先たくさん待っているらしい。

恥ずかしくて、嬉しくて、好奇心で目がギラギラしちゃいそう！

あと……、なんだか不思議な感じ。

本来ならトラウマ製造機の私と攻略対象者のアンタレスの間に、ハッピーエンドなんて生まれるはずがなかったのに。

そもそも同じ世界、同じ時代に生まれて、出会えることだけで本当に奇跡だ。

それなのに私とアンタレスはさらに奇跡を上乗せして、幼馴染として一緒に成長し、お互いをお互いの人生から手放せないと思うほどに愛してしまった。

心から愛している人に想いを伝えられること。想いを返してもらえること。

本気で分かり合えること。分かり合おうとしてもらえること。

触れ合うことを許されること。

手を繋いで、抱き締め合って、キスをして、えっちなことが出来るなんて、どれほどの善行を積んだら許される奇跡なのだろう。

こんなの、奇跡の連続じゃん。私って、すごく運が良すぎない？

私は自分が手に入れることが出来たもののかけがえのなさに、胸がジーンとして、視界が潤んでしまう。

「うっ、うぅっ……。アンタレス、あのねぇ……」

「え？　ちょっと、急に泣かないでよ、ノンノ……！」

私がべそべそと泣き始めると、不機嫌だったはずのアンタレスは慌てだした。

いきなり情緒不安定になってごめんね、アンタレス。でもこれ、悲しみの涙じゃなくて、感動の涙なの。

アンタレスはポケットからハンカチを取り出して、私の頬を優しく拭う。

「結婚したら、いっぱいえっちなことをしようね……！　私、頑張って、アンタレスのすごいキスにも慣れるから……。だから、いっぱいえっちなことを……、うぇぇぇーんっ！　私とえっちして、アンタレスぅ……！」

「……分かった、分かったから、ノンノ。お願いだから、こんな場所で僕の理性を削らないでよ……」

真っ赤になったアンタレスは、非常に弱りきった声を出した。そして私を慰めるように頭を撫でる。

「ノンノの心も体も大事にするって約束するから、ずっと僕の傍にいて」

「うん……！」

私の一つしかない心と体。

アンタレスの一つしかない心と体。

それをお互い、めいっぱい愛して、めいっぱい大事にして、めいっぱい使って、全力で生きていく。

そんな一生を、アンタレスと一緒に送りたい。

私がそう心の中で呟いたら、

「僕も。ノンノとそんな一生が送りたい。送らせて」

と、アンタレスが柔らかく目を細めて、もう一度口付けをしてくれた。

——甘酸っぱいレモンキャンディーの味がした。

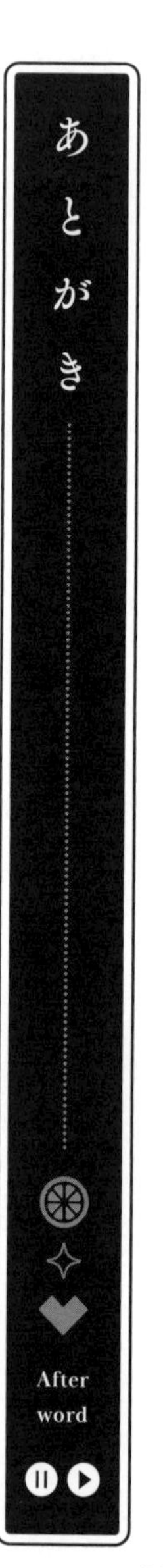

Dノベルfの読者の皆様、初めまして。三日月さんかくと申します。

この度は『妄想好き転生令嬢と、他人の心が読める攻略対象者　～ただの幼馴染のはずが、溺愛ルートに突入しちゃいました!?～』をお手に取っていただき、誠にありがとうございます。

本作は第3回集英社WEB小説大賞にて金賞を受賞させていただき、こうして書籍化していただける運びとなりました。

内容は、えっちなことに興味津々だけれど大した知識がないまま超健全乙女ゲーム世界に転生してしまったノンノと、読心能力持ちな攻略対象者アンタレスのラブコメです。

WEB版から大改稿し、本書の約半分が書き下ろしです。WEB版では二人はまだ恋人同士なのですが、担当さんから「宛先生に二人のキスシーンを描いていただきましょう！」と、とてもえちちな素晴らしい改稿案をいただき、私がそれに賛同して、ルート変更して二人を婚約させることにしました。

なぜならシトラス王国には超健全乙女ゲームの強制力があり、婚約しないと唇へのキスが解禁されないからです。恋人同士だとほっぺにチューまでなのです。とても安心安全な世界なので、ノンノはもっとこの世界に転生したことを感謝するべきだと思います。

イラストを担当してくださった宛先生、とてもお忙しい中、理想以上のノンノとアンタレスを描いていただき、本当にありがとうございました！

キャラデザをいただいた時点で大興奮だったのですが、カバーを拝見した時は時間が溶けました。ノンノが（見た目だけは）清純可憐な美少女で、アンタレスは色気がだだ漏れで格好良くて。宛先生にこんなに素敵に描いていただけて、この子たちは本当に幸せなキャラクターです。

あと、タイトルの『攻略対象者』の文字がとてもお気に入りです。ノンノとアンタレスの髪と瞳の色である、グリーンとゴールドとブラウンでグラデーションになっているんですよ。デザイナー様、細部まで素敵にしていただき、本当にありがとうございました！

担当編集者様、宛先生、本書に関わってくださったすべての皆様、WEB版を応援してくださった読者の皆様、そしてこの書籍をお手に取ってくださった読者の皆様、本当にありがとうございました！

ノンノとアンタレスの物語をまだまだ続けられたらいいなと思っているので、今後も応援していただけましたら幸いです。

では、皆様にまたお会い出来ることを祈っております！

ダッシュエックスノベルfの既刊

Dash X Novel F 's Previous Publication

『後宮の獣使い
～獣をモフモフしたいだけなので、皇太子の溺愛は困ります～』

犬見式

イラスト／羽公

**獣を愛する少女・羽（ユウ）が後宮のトラブルを解決!!
天才獣使いのモフモフ中華ファンタジー!!**

人間と獣が共存する宮廷「四聖城」。そこには四つの後宮があり、様々な獣を飼育していた。深い森の奥で、獣とともに人目を避けて暮らすヨト族の少女・羽（ユウ）は、病に倒れた祖母の薬を買うために、雨が降りしきる中、森を抜けて「四聖城」の城下町を訪れる。

しかし、盗っ人と疑われた羽は役人に連れていかれ、身分を明かせないことから、最底辺職である「獣吏」にされてしまう。過酷な環境で、獣の世話をする奴隷のような生活になるはずが、獣が大好きな羽にとっては最高の毎日で…!?

後宮に起こる問題を豊富な獣の知識で解決し、周囲を驚かせていたある日、羽は誰もが恐れる「神獣」の世話をしたことで、なぜか眉目秀麗な皇太子・鏡水（ジンシュイ）様に好かれてしまい…!?

ダッシュエックスノベルfの既刊

Dash X Novel F 's Previous Publication

『魔力量歴代最強な
転生聖女さまの学園生活は
波乱に満ち溢れているようです
〜王子さまに悪役令嬢とヒロインぽい子たちがいるけれど、
ここは乙女ゲー世界ですか？〜』

行雲 流水

イラスト／桜 イオン

魔力量歴代最強な転生聖女が送る
トラブルだらけの乙女ゲー異世界学園生活！

乙女ゲームのような世界に“転生者”が二人いる!?幼なじみ達と平和に暮らしたいナイにとっては、もう一人の転生者が大迷惑で!?転生して孤児となり、崖っぷちの中で生きてきた少女・ナイ。ある日、彼女は聖女に選ばれ、二度目の人生が一変することになる。後ろ盾となった公爵の計らいで、貴族の子女が多く通う王立学院の入試を受け、見事合格したナイは、何故か普通科ではなく、特進科に進むことに！そのクラスにいるのは、王子さまに公爵令嬢、近衛騎士団長の息子など高位貴族の子女ばかりで…！ここは乙女ゲームの世界ですか!?と困惑するナイだが、もう一人の特進科に入った平民の少女が、王子たちを「攻略」し始めて…!?婚約者のいる貴族との許されざる恋にクラスは徐々に修羅場と化し…!?

ダッシュエックスノベルfの既刊

Dash X Novel F 's Previous Publication

『冷酷なる氷帝の、妻でございます

~義妹に婚約者を押し付けられたけど、意外と可愛い彼に溺愛され幸せに暮らしてる~』

茨木野

イラスト/すがはら竜

**冷酷な氷帝と落ちこぼれの公爵令嬢が婚約!?
嫌いからはじまった2人の関係は——。**

公爵令嬢のフェリアは、誰もがもって生まれてくるはずの「精霊の加護」がないせいで落ちこぼれ認定されている。周りからは蔑まれながらも、粛々と国立魔法学校に奨学生として通っていた。そんなある日、義妹・セレスティアが婚約者と結ばれたくないと言い出したせいで父に呼び出されるはめに。可愛いセレスティアのため、フェリアを身代わりに差し出すことにしたと言ってのけた。最低な父、ワガママな義妹と縁を切りたかったフェリアは父からの提案を了承し、嫁ぐことに決めたが——。相手は、王家最強の騎士にして「冷酷なる氷帝」と呼ばれる男・アルセイフだった。誰もが恐れるアルセイフに物おじもせず妻として接するフェリアに、凍っていた氷帝の心もだんだん溶かされていき——。

ダッシュエックスノベルfの既刊

Dash X Novel F 's Previous Publication

『未プレイの乙女ゲームに転生した平凡令嬢は聖なる刺繍の糸を刺す』

西根 羽南

イラスト／小田 すずか

刺繍好きの平凡令嬢×美しすぎる鈍感王子の焦れ焦れラブファンタジー、開幕!!

転生先は——未プレイの乙女ゲーム!?平凡な子爵令嬢エルナは、学園の入学式で乙女ゲーム「虹色パラダイス」の世界に転生したと気付く。だが「虹パラ」をプレイしたことがないエルナの持つ情報は、パッケージイラストと友人の感想のみ。地味で平穏に暮らしたいのに、現実はままならない。ヒロインらしき美少女と親友になり、メイン攻略対象らしき美貌の王子に「名前を呼んでほしい」と追いかけられ、周囲の嫉妬をかわす日々。果てはエルナが刺繍したハンカチを巡って、誘拐騒動に巻き込まれ!?

ダッシュエックスノベルfの既刊

Dash X Novel F 's Previous Publication

『時計台の大聖女は婚約破棄に歓喜する 1』

糸加

イラスト／御子柴リョウ

卒業パーティで王太子デレックから、突然婚約破棄を告げられたヴェロニカは、心の底から歓喜した。

「ヴェロニカ・ハーニッシュ！私はお前との婚約を破棄し、フローラ・ハスとの新たな婚約を宣言する！」「いいのね!?」「え？」「本当にいいのね！」

デレックは知らなかったのだ。ヴェロニカが本当の大聖女であること、フローラが大聖女を詐称していること。そして、自らの資質が試されていたことを。明かされる真実。幼馴染の第二王子から告げられる恋心。「ヴェロニカ、僕と婚約してくれませんか？」

大時計台を司る大聖女が崇められる世界の恋物語。運命の新たな歯車が回り出す――！

ダッシュエックスノベルfの既刊

Dash X Novel F 's Previous Publication

『予言された悪役令嬢は小鳥と謳う～未来を知る専属執事に「君を救う」と言われました～』

吉高 花

イラスト／氷堂れん

「悪役令嬢」×「専属執事」

身分違いの恋の行方はいかに!?


「今から一年後、あなたは婚約破棄されます」

公爵令嬢アスタリスクはある日突然、平民の男ギャレットから婚約破棄を予言される。

最初は信じないアスタリスク。だが、ギャレットの予言通りに婚約者の第二王子フラットと男爵令嬢フィーネが親密になっていくことに驚き、信じることを決めた。

バッドエンドを回避するべく会うようになる二人。気がつけば、ギャレットはアスタリスクの「専属執事」と呼ばれるように。そして、迎えた婚約破棄の日。

二人は万全の準備で「いべんと」に挑むが、果たして……？

妄想好き転生令嬢と、他人の心が読める攻略対象者
～ただの幼馴染のはずが、溺愛ルートに突入しちゃいました!?～

三日月さんかく

2023年9月10日　第1刷発行

★定価はカバーに表示してあります

発行者　瓶子吉久
発行所　株式会社　集英社
〒101－8050　東京都千代田区一ツ橋2－5－10
03(3230)6229(編集)
03(3230)6393(販売／書店専用)　03(3230)6080(読者係)
印刷所　図書印刷株式会社
編集協力　後藤陶子

ISBN978-4-08-632016-0　C0093

作品のご感想、ファンレターをお待ちしております。

あて先

〒101－8050　東京都千代田区一ツ橋2－5－10
集英社ダッシュエックスノベルf編集部　気付
三日月さんかく先生／宛先生